公元787年，唐封疆大吏马总集诸子精华，编著成《意林》一书6卷，流传至今

意林：始于公元787年，距今1200余年

名人读意林

著名动物小说家、冰心儿童文学奖得主、

《狼灌河》作者黑鹤鼎力推荐！

《意林》中多嘉树。美文华章，犹如音乐，余音绕梁。奇思妙想，梦笔生花，会意处可浮一大白。

——诺贝尔文学奖作家　莫　言

它是一朵朴素的小花，开着，温暖着我们红尘中的心。与它的情缘，我愿意是一世。

——青春文学作家　雪小禅

意蕴笔端，筑文字之林！

——《后宫·甄嬛传》作者　流潋紫

给心灵更多成长的力量，给生命更多感动的理由。

——北京师范大学教授　于　丹

《意林》是一本温暖洁净的刊物，它能让你变得热情和智慧，还有仁慈和感恩。

——著名作家　毕淑敏

有意境、有意趣、有意味、有意蕴、有意思、有意义……谓之《意林》。

——著名作家　乔　叶

用最美好的故事为孩子煨最鲜美的心灵鸡汤。

——著名作家　苏　童

莫言

林间歌声

WoodSong

[美] 盖瑞·伯森◎著　徐海幈◎译

吉林出版集团 | 吉林摄影出版社
·长春·

意林动物小说馆

图书在版编目（ＣＩＰ）数据

林间歌声 /（美）伯森著 ；徐海嵘译. -- 长春 :吉林摄影出版社，2013.10
ISBN 978-7-5498-1828-0
Ⅰ. ①林… Ⅱ. ①伯… ②徐… Ⅲ. ①儿童文学－长篇小说－美国－现代 Ⅳ. ①I712.84
中国版本图书馆CIP数据核字(2013)第218283号

林间歌声　LIN JIAN GESHENG

著　　者	[美]盖瑞·伯森	印　　张	10
译　　者	徐海嵘	版　　次	2013年10月第1版
出 版 人	孙洪军	印　　次	2013年10月第1次印刷
总 策 划	杜　务	出　　版	吉林出版集团
主　　编	孙洪军　顾　平		吉林摄影出版社
责任编辑	施　岚　胡晓路	发　　行	吉林摄影出版社
丛书统筹	牟沧浪　徐　晶	地　　址	长春市泰来街1825号
执行编辑	马宏彬		邮编：130062
封面绘图	吉春鸣	电　　话	总编办：0431-86012616
内文插图	有茜插画工作室		发行科：0431-86012602
封面设计	张　龙	网　　址	www.jlsycbs.com
美术编辑	孔凡雷	经　　销	全国各地新华书店
开　　本	860mm×665mm　1/16	印　　刷	北京天宇万达印刷有限公司
字　　数	110千字	书　　号	ISBN 978-7-5498-1828-0
印　　数	1-12000	定　　价	13.90元

童年开始的生存游戏

出生于1939年5月17日的盖瑞·伯森现在是美国最受青少年读者欢迎的作家之一，到目前为止，他已经为儿童和成人写了175本书，大约200篇文章和小故事，其中三本书——《手斧男孩》《雪橇犬之歌》和《冬天的小木屋》——都获得纽伯瑞儿童文学奖。

盖瑞·伯森创作了一系列生存小说，在他的生存故事中，最杰出的一个来自于他的亲身经历，你能在他的很多作品中看到那个故事的影子。

伯森的父亲是一位职业军人。二战期间，他大部分时间都远离故乡；伯森的母亲在军工厂上班，同样很少在家里露面。而且父母都有严重的酗酒问题。战争结束后，伯森一家不停地从一个部队基地转迁到下一个部队基地，伯森在一所学校里的时间从来没有超过五个月。“我在部队长大，”他回忆道，“那种生活很悲哀。由于我难以置信的羞涩，而且极度不擅长体育运动，学校生活对我来说成了噩梦。我没有朋友，老师们也讥笑我。”

家里的钱连买衣服都不够，因此伯森很早就参加了工作——在保

龄球馆的球道上摆放木瓶，或者在医院和酒吧兜售报纸。

随后，在痛苦与躁动中，伯森发现了黑暗中透出的一道光芒。“那是在明尼苏达州的一个小镇上靠卖报纸谋生的时期。一天夜里，气温已经到了零下二十度，我经过公共图书馆的时候，看见阅览室里洒满美丽的金色灯光。我走进去，暖和了一下身子。令我完全没有想到的是，图书馆管理员走到我跟前，对我说：‘你想来一本书吗？’

“我说‘当然。’然后她说：‘读完后还回来，然后你就可以借下一本了。’这样的情形持续了很长时间。那位管理员一直给我一些书，让我带回家阅读。西部小说，科幻故事，每隔一段时间还会有一部古典名著。她不在意我的穿着是否得体，是否和良家女子约会。图书馆里没有任何偏见。她递给我借书卡的时候，同时还给了我一个世界。我无比兴奋地仔细读完她给我的每一本书，就像是在我即将渴死的时候，那位管理员递给我一杯清水。”为了躲避父母的争吵，伯森躲到公寓楼的地下室，捧着书，依偎着炉火，身旁放着一瓶牛奶和几块花生酱三明治。就这样一直读到深更半夜。

在风暴中，书籍成了伯森的一只锚，然而在伯森的生命中，风暴天似乎永远没有结束的时候。他靠设陷阱捕猎，勉强应付了一年大学生活，然后就退学参军去了。他进入了导弹部队，然而他的未来在电子工程领域。他参加了足够多的函授课程，退伍后在航空企业里找到一份工作。

在加利福尼亚漆黑的太空跟踪站里，长期坐在电脑控制台前的生活让伯森坚信，一定还有比目前更好的方式度过自己的余生。事实上，他觉得写作才是自己最理想的生活方式。于是，他伪造了一份打动人心的履历，在一家男性杂志社里谋到了助理编辑的职位。老板很快就发现伯森没有什么写作或者编辑经验，不过他绝对是一个主动而热切的学生。在接下来的一年中，每天下班后的夜晚，伯森都要写点儿文章，第二天拿出来让同事们评论。十一个月之后，他的稿件被接受了。

回到明尼苏达州之后，伯森开始了职业写作生涯。这样的生活让他很少有钱购买食物和其他生活必需品，然而他咬牙挺了过来。他写出了屈指可数的几篇文章和两部令人转瞬即忘的小说。想到自己已经成了一名作家，他便搬去新墨西哥州的艺术村，立志要创作出伟大的美国小说。结果，他成了一个酒鬼。在接下来的六年里，他持续地酗

酒，打架斗殴，抛弃婚姻，让自己的才华锈迹斑斑。

最终，1973年，柏森戒酒了，重返人间。他回到明尼苏达州，开始新的婚姻生活，同时也开始重新写作了。这一次，他不再像渴望赚钱谋生一样渴望伟大了。当读者看到他笔下的人物开始像正常人一样生活，他们就知道伯森也同样开始脚踏实地地过日子了。他生活在一个经过改造的鸡舍里，供电系统是临时安装的，房间里没有卫生设施，周围遍地都是鸡群和羊群，还有三个开垦出来的花园。他们靠山吃山，自己加工番茄酱、黄油和奶酪。他们住在密林深处，以至于他的儿子每天上学放学需要在公交车上耗费五个小时。当时，伯森平均每年的写作收入只有三千美元。

然而，在转向到小说创作之后，他不仅打通了任督二脉，而且最终也获得了成功。1977年，他出版了一本反战小说——《狐人》。同一年，讲述酗酒家庭的《致死深寒》也出版了。不幸的是，有些读者在这部作品中看到了自己的身影，他们以诽谤的罪名对伯森进行了起诉。在将案件递交到州最高法院之后，伯森打赢了这场官司。然而，这场法律纠纷让他几近破产，而且给他造成了难以化解的痛苦，让他放弃了写作。

为了养家糊口，他开始靠捕捉河狸谋生。后来在永远放弃狩猎之后，他开始参加全世界最消耗精力的比赛——艾迪塔罗德狗拉雪橇大赛。

艾迪塔罗德狗拉雪橇大赛不仅紧张激烈，而且物资消耗巨大。起初伯森不知道自己怎样才能凑够钱参加比赛，不过有一天，他接到了布拉德伯瑞出版社主编理查德·杰克森打来的电话。他读过伯森的作品，不过两个人从未谋面。他想知道伯森当时还在创作什么样的作品。伯森告诉他："我什么都没写了。我现在的生活就是养狗。我连参加艾迪塔罗德狗拉雪橇大赛的钱都没有！"杰克森看到了机会，他答应给伯森提供资金，条件是伯森把下一部作品交给他。他们很快成交了。

最终，年龄不饶人，伯森失败了。然而，就在那时，他又恢复了写作。在杰克森的指点下，他开始发自内心地，根据自己多年来的生活阅历进行创作。他先是完成了三部少年小说，然后就创作出饱含禅意的《雪橇犬之歌》，这部小说摘取了1986年纽伯瑞儿童文学奖。一夜之间，这位已经出版过五十多本书的家伙被图书馆管理员和教师们"发现"了。接踵而来的就是他迄今为止最受欢迎的作品——《手斧男孩》——又一部纽伯瑞儿童文学奖获奖作品。这本书讲述了一个

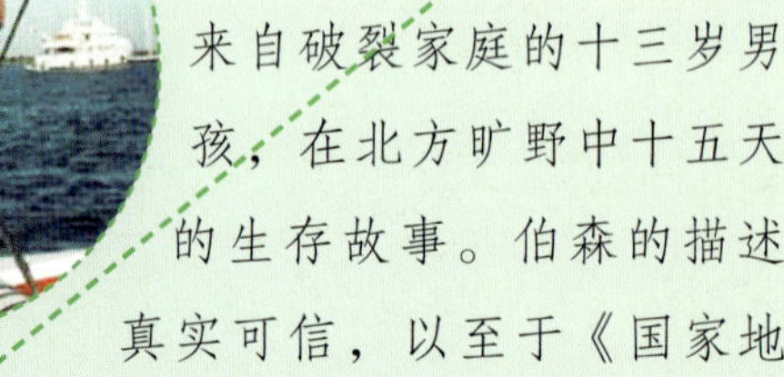

来自破裂家庭的十三岁男孩，在北方旷野中十五天的生存故事。伯森的描述真实可信，以至于《国家地理》致电伯森，向他打听这个男孩的姓名和住址，他们打算写一篇专题报道。伯森解释说，这只是一篇小说，是虚构的。然而，书中令人心痛的孤独和辛劳却没有丝毫虚构的成分。

如今，健康状况驱使头脑清醒的伯森回到了气候宜人的新墨西哥州。曾经的三十多只狗已经死去了，不过他们依然活在伯森的作品中。现在，在他的心中只剩下一场竞赛要去完成了，比赛的对手是死神。他还有千言万语没有说出来，他担心时间过于短促，以至于自己无法一吐为快。他平均每年完成不止一部作品，而且还要同中小学教师和学生们进行交流。他的作品总能吸引影视制作人，请求拍摄，他家门口也总是站着十几个出版商等待着他挑选。

他成功了，然而成功并没有毁灭他。他没有把自己将近一百部作品和任何一枚奖杯摆放在显眼的地方。“盯着那些东西很危险，”他说，“你会堕落的。”相反，他的眼睛里和手底下都是弥足珍贵的人类关于生存的抗争。他的写作建立在自己的生活基础之上，酒鬼、工程师、军人、演员、农民、木匠、爆破工、农场工、卡车司机、陷阱猎人、流动农工、水手，还有职业作家。

目录

林间歌声

越野

比赛

目录

林间歌声

越野

1

以前我对森林一无所知，开始了解它也已经有点儿迟了。之所以说自己无知，是因为我还具有一定的学识，这一点有些令人匪夷所思。

在大半辈子里，我似乎不是住在森林里，就是住在海边；大多数时候不是在睡觉，就是醒着。我一直住在野外，跟我们现在所谓的“自然环境”——也就是过去被我的叔叔们称为“森林”的地方——挨得很近。

我们一家人都会打猎，能捕获到大大小小的猎物。我们追踪并杀死猎物，尽管现在我认为猎杀动物不是什么好事，但在当时，我并不这么想。那时候，我几乎把全部的时间都花在了打猎上。

可是却什么都没有学到。

很多人都喜欢“森林”，至少看上去如此，可是在大部分的时间里，他们却在拼命地猎杀着“森林”的一部分。在对“森林”的各种认识中，最大的悖论大概就是这一点了。

正是一位猎人，一位疯狂的猎人，以及一次几乎令人难以置信的暴行，使我开始试着去理解森林的一切，试图在不对它造成破坏的前提下，从它的身上学到些东西。

我天真地活了很久。在未满四十岁之前，我一直相信那些关于森林的神话传说。

在迪斯尼之流的蒙蔽下，我一直相信小鹿斑比[1]总能逃出火海，任何东西都没有受到过真正的伤害。尽管我自己一直在打猎，并杀死猎物，但是不知道为什么，我的行为似乎很干净，并且远离现实。尽管所有的故事都有着幸福的结局，可我还是没有停止过猎杀。

直到有一年，十二月里的一个清晨……

当时我驾着雪橇，赶着狗在一个大湖的湖岸边飞奔，然后跑上了我平日里下套子的那条路。那时才刚入冬，湖面还没有冻结实，无法承受住雪橇和狗队的重量，也不允许我横穿过湖心区。湖边不远处有一条崎岖不平的小路，我赶着八条狗跑在小路上。狗全都是新换的，因此多绕出来的大约8公里的路程对他们来说并不吃力。

①小鹿斑比：奥地利作家菲利克斯·萨尔腾创作的童话《小鹿斑比》中的主人公，这本书讲述了一只小鹿的成长故事，故事里描写了森林里既美丽又和谐的景象，展现了动物之间的互相争斗和人类对动物的威胁，表达了对斑比和他的同伴们的赞美和同情，讽刺了人类的猎杀行为。美国迪斯尼公司于1942年将它拍成了同名动画片，并荣获第十五届奥斯卡最佳电影主题曲、最佳电影配乐、最佳录音三项大奖。

这是个美丽的清晨，气温大约在零下十度，明亮的阳光在空中飘浮的冰晶上闪烁着，万物都因此明亮起来。狗跑得很平稳，贯穿队伍中央的链绳有节奏地敲打着他们，只有当他们的步调完全一致时，才会出现那样的节奏。我们在湖边跑着，湖就在我们的右侧，湖面的地势比较低。我们的左侧地势比较高，生长着柳树和灌木丛，看起来就像是守在这条小路旁边的防护墙。

尽管已经跑出了11公里，狗还是迈着大步继续前行。我拥有很多这样的狗，我的生命中充满了狗，我们总是随着冬日一起翩翩起舞。我情不自禁地笑了起来，冲着眼前波澜壮阔的世界傻笑了起来。一段纳瓦霍人①古老的颂歌飘过我的心头：

在我之上的美

在我之下的美

在我身前的美……

这正是我当时的感觉，即便赶着狗群跑在小路上的时候，我还是会经常产生这种感觉。我就身处在这美景之中，我自己也成了这美景的一部分。就在这时，一只雌鹿突然从左侧的柳树丛中冒了出来，朝着下面的湖岸径直冲去。

小路上蓬松的雪沫大约有半米深，因此雪随着鹿一起遮天蔽日地飞扬起来。实际上，鹿正好从领队犬的头上纵身飞了过去。领队犬名叫“美元”，是一只长得像狼一样的大白狗。他惊讶地俯下身子，垂下脑袋，不过这种状态只维持了一刹那，随即他就挺起了身子，像一

①纳瓦霍人：纳瓦霍是美国西南部的一支原住民族，为北美洲地区现存最大的美洲原住民族群，人口据估计约有30万人。“纳瓦霍”族名由西班牙人所起，族人则自称为“Din é”，即纳瓦霍语“人”之意。

块石头似的在小路上蹦了起来，继续往前跑去。我们跑得非常快，那只鹿的身手也非常迅捷，就在一两秒钟的时间里，双方已经跑出了好几米远。然而，那一幕就像是慢镜头一样仍旧悬浮在原处。

那只鹿身上散发着一股恶臭——恐惧的臭气，哪怕只有一瞬间的接触，那股气味还是钻进了我的鼻子里。我看到她瞪圆了双眼，以至于，那两只眼睛似乎马上就要从她的眼眶里掉出来了；她的嘴巴里像是撑了一个千斤顶，舌头耷拉到嘴角外，下颌与脖子上都裹满了唾液。恐惧令她散发出阵阵腥臭。

所有的狗都立刻嗅出了这股气味，不过我总是察觉不到，哪怕是自己感到恐惧的时候，我也总是闻不到。当某样东西或者某个人感到恐惧的时候，恐惧就会产生出一种能让人联想到铜的气味——一股金属味，其中还混杂着尿液和粪便的气味。不，不只是恐惧，那是已经被恐惧撕碎的气味。现在那只鹿的身上就弥漫着这种气味。

尽管我们没有偏离方向，但是在那股气味的刺激下，狗群加快了步伐。我在雪橇上回头望去，终于明白了那只鹿为什么会如此惊恐。

狼群。

虽然有我在一旁看着，那群狼还是在小路上不断狂奔，紧紧地追赶着那只鹿。他们不是那种生活在丛林里的灰狼，而是体格略小，生活在灌木丛中的北方郊狼，每匹只有二三十公斤重，我拥有的大多数雪橇犬都能达到这个重量。我想他们应该是那种被称为北方草原狼的小狼。

不过他们的一举一动都还是狼的模样。他们总是聚集在一起，并且像灰狼那样保持着群体社会结构，也同灰狼一样，习惯成群结队地

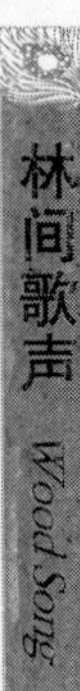

捕食猎物。

现在，他们就在追捕那只鹿。

总共有七匹狼。他们一蹦一跳地跑过雪橇留下的轨迹。在追赶那只鹿的过程中，没有一匹狼看一眼路这头的我。他们太专注于那只鹿，以及她的气味了，我对他们来说或许根本就不存在。

他们追上了那只鹿。

我踩住刹车，拉住了雪橇。我把雪钩①插在地上，好让狗能停稳，然后调转方向。狗猛地一转身，离开小路，朝着湖的方向冲了出去，试图赶上狼群和那只鹿。插在地上的雪钩松动了，我们朝着湖边滑了下去。我一把将雪钩从地上扯起来，将它又钩在了一棵杨树上，以阻止雪橇下滑。

鹿已经恐惧到了极点，她很清楚接下来会发生什么样的事情。她逃到湖边，朝着结着薄冰的湖面跳了过去。她的尾巴高高地翘起，当她竭尽全力地伸展四蹄，奋力加速的时候，她白色的尾巴就像是一道白色的闪电。可是，冰层太薄了，薄得不足以支撑住她的重量。她落到湖面上，一股巨大的水花溅了起来，水花中还夹杂着碎裂的冰块。她陷了下去。

随即她又浮出了水面，吃力地抓着窟窿周围的冰块，挣扎着往冰面上爬去。在惊慌中奋力挣扎了一番之后，她成功了。

可是，这场事故拖慢了她的脚步。

就在她落水然后再爬出来的短暂的间隙，她已经失去了领先的优势。狼群追上了她。

①雪钩：钩在雪地上，使雪橇保持静止，作用类似于拦雪板。

追上了她。

当我生活在森林里的时候，在森林那曼妙的舞蹈中，我已经不止一次地目睹到捕食者的挫败了。实际上，他们经常失手。有一次，一个隆冬时节，我看见一只河狸从小窝旁的冰窟窿里钻出来，然后在四匹狼的围攻下逃走了。他用自己的牙齿重创了那四匹狼——杀死了其中的一匹，咬伤了另外三匹，而自己则只是在尾巴上留下了一处小伤口。我总是能见到兔子智胜狐狸，也看到过红松鼠在将貂鼠挑逗一番之后，侥幸逃脱，可是，这一次应该不会出现类似的情形了。

以前我从未看到过狼群捕杀大型动物，实际上此后我也没有再碰到过这种场面。眼前的景象恐怖极了，我根本没有做好心理准备。我以为自己非常了解森林里的万事万物，了解他们都是如何运转的。我打过猎，下过套子，服过兵役，见过，也干过可怕的事情。可尽管如此，对于屠杀，我仍然没有做好精神上的准备。

主要是因为迪斯尼，以及那些人造的“纯天然”野生动物电影与电视节目。对于狼群的本质，狼群应该是什么样的，他们应该做什么之类的问题，我一直怀着先入为主的预想。他们绝对不会跟杀戮者对话。

他们只和鲜血对话。

电影会触及死亡的外围，展示出被啃食过的尸体。在书本中，人们似乎总是在用一种冷静、淡薄的方式描述它。

然而，这种事情既不冷静也不淡薄。

只有恐怖可言。

对于猎物，狼群从来不会“一招制胜”（如果真的存在这种事情

的话）。杀戮是一个非常缓慢的过程，他们一点点地将对方撕扯开。对猎物而言，这种死法非常可怕。只有从来没有亲眼见到过这种景象的人，才会认为这都是猎物的自我选择。

两匹狼抓住鹿的鼻子，将她的脑袋摁在了雪地里，另外两匹狼轮流连拖带推地撕扯着她的屁股，直到爪子探进她的身体里，将她的内脏扯了出来。自始至终，鹿一直都活生生地站立着。

我没带枪，也没想起掏枪。我带着狗，周围的血腥味又让狼群那么兴奋，这本身已经给我构成了巨大的威胁。我的狗也渴望厮杀一场。他们向前猛扑，拼命地扯着雪橇上的中央链绳，我敢肯定，过不了多大一会儿，那根绳子就会被他们扯断。我踉踉跄跄地下了雪橇，走在湖岸边深深的积雪中，好拖住他们。结果，其中一只狗在我的手上咬了一口，不过我根本没有时间停下来看一眼自己的手。

万籁俱寂。

现在，群狼已经扯出了鹿的内脏，在冰层上把她向后拖去，一边拖一边吃，但她仍旧站在冰面上。我一心希望这一幕能够尽快结束，希望她承受的这一切能够尽快结束。

她倒了下去。

不知道为什么，她还是没有死去，在我的心中她仍旧没有死去。她只是倒了下去。我能够反复看到她倒下去的画面。当我再也无法忍受这一幕，当我对这一幕开始感到恶心，由于这一幕带给我的恐惧，我开始痛恨起那几匹狼，于是扯着嗓子喊了起来。

“放开她……”

我想我还咒骂了一番，不过这都无关紧要，在我大喊大叫的时候，我感觉仿佛是一部电影结束了似的。不知道为什么，在此之前，狼群并没有意识到我的存在。他们的注意力全都集中在杀戮上，集中在杀戮所散发出来的气味上，因此他们没有看到我，也没有看到我的狗。我的呼喊让他们停了下来。

然而，他们并没有因此而感到畏惧。

这会儿，那只鹿已经彻底倒在地上，身体完全瘫在了冰面上，屁股上冒着热气。那几匹狼一动不动地站住了，然后转过头来看着我和我的狗。

仅此而已。就那样看着。

我知道自己不应该喊叫，不应该插手自己并不了解的事情。对于这种古已有之的事情，我的认识极其有限，就跟我对冰河时代生活状况的认识差不多。

他们站定了，打量着我。

一匹狼扬起了两条前腿，好让自己在我面前显得高大一些。我想他应该是一匹公狼，他看上去比另外几匹要高大一些。他扬起前腿，像人一样站立着，清晨的阳光照在他的脑袋上，我看到他的脑袋上糊满了鲜血。

还冒着热气。刚才就是他钻进了那只鹿的身体里，他的身体上浸满了那只鹿的鲜血，她身后的雪地上洒满了鲜血，他胸口的长毛也全都被鲜血染红了。他站了有两三秒钟，一直盯着我。他看透了我，了解了我，而我对大自然也开始有了几分认识。

我开始明白他们的行为谈不上是非对错——这就是他们。

狼并不知道自己是狼。

这只是我们强加在他们身上的一个名字而已，这是我们干的事情。我不知道狼是怎么看待自己的，也不知道别人是怎么看待他们的。当时我就十分清晰地意识到，现在依然十分明确地认为，让他们符合我对他们的期望是不公平的。

正是基于这种认识，基于这种肤浅的理解，我开始渴望了解，渴望知道更多的事情，不仅仅只是狼群的生活，而是森林里的一切。所有的动物，所有的舞蹈……

这种渴望开始于鲜血。

2

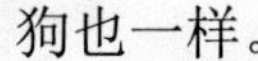

就狗对我的生活所产生的巨大影响而言，我对他们的接近不仅姗姗来迟，而且方式非常奇特。

当时我已经年满四十岁，住在一座老房子里，当初就是住在那里的时候，我开始接触到雪橇犬。写作是一种奇怪的谋生方式，到四十岁的时候，我已经卖出去了好几部作品，可是手头上的钱对于维生来说还是不太宽裕。我在建筑工地上打工，搬运笨重的设备，跟踪卫星信号，教书……为了谋生，我从事过很多不同的工作。我一直在卖力地工作着，到了四十岁的时候，身体几乎已经垮了。我们一家住在明尼苏达州北部的一座小木屋里，房间里没有水暖设备，没有电，没有丝毫实质性的希望。

狗也一样。

当时，河狸的问题令明尼苏达州非常头痛。那些家伙差不多已经到了猖獗的程度，他们在河里和排洪沟里筑起水坝，拦截水流，牧场里也到处都能看到他们的身影，他们甚至开始入侵城市了。小时候我用套子抓过河狸，这时我打算靠着为州里下套子来赚点儿小钱——州政府提出小额悬赏，征募下套子抓河狸的人。此外，河狸的皮也可以为我带来一小笔额外的收入。

我一直在单打独斗，干得没什么成效。我一直靠步行来下套子，进入雪季之后，也只是在脚上套上一副滑雪板，所以，我下的排钩线很少能超过32公里。另外，宰杀河狸对我来说也很成问题，我一直不善于干这种事情，打心眼里不想这么做。

听说我在下排钩线之后，几个朋友给了我四只狗——风暴、瑜伽师、奥比[①]和哥伦比亚，还有一架破雪橇，侧面的扶手已经折了，必须换上一个新的。就这样，我开始接触到雪橇犬了。

不过，这并不等于我真正接近了他们。我不懂得如何驾驭他们，也不知道他们会如何驾驭我。我甚至不知道该怎样给他们套上挽具，该怎样正确地将他们挂在中央链绳上。当狗被套上挽具之后，在中央绳链的牵动下，雪橇就可以向前滑行了。

头一次固定好雪橇，试图给狗套上挽具的时候，我对这些事情一无所知。狗或远或近地围着院子溜达着，但始终不朝远处去。我觉得就连用一下他们的念头都很疯狂，因为让他们离开院子的唯一方法，就是强行将他们拽走。

忙了一阵之后，我停了手，在树桩子上坐了下来，一边望着他

①奥比：非洲的一种巫术，以及这种巫术所崇拜的神灵。

们，一边琢磨着怎样才能赶着他们跑起来。终于，我意识到人根本无法逼他们跑起来，而只能让他们自己跑起来。

其中一只狗——奥比——看上去在拼命地朝前看，我猜他可能是想拽着其他几只狗一起跑，给他们带队。于是我将他套在了队伍的最前面。这一招还真管用。我们离开了院子，奔跑在一条林间的小路上。我心想这应该就是育空王①所想过的一切了。

我在北方赶着一队狗，他们就跑在我的身前。这一切太美了……

当时我什么都不懂。

我太无知了，无知得过分，以至于我甚至都不清楚自己对那一切一无所知。我不知道该问什么样的问题，不知道该怎么开口。我一直没想去了解这些事情，直到风暴主动给我上了一课。

是他的鲜血给我上了一课。

后来，关于驾驭雪橇狗，关于风暴，我都懂得了很多，可那时，我以为只要出发的时候，我自己清楚自己在做什么就足够了。是狗向我提出了请求。在接下来的三个月里，我将排钩线延伸到了将近97公里外的地方。严冬过了一半的时候，我已经把自己当作普雷斯顿警官了。普雷斯顿是一位骑警，我小时候听过的一档少儿广播剧中的主角。

这时候我又多了三只狗，这样我就有了一支七只狗的队伍，另外我自己还有一顶帐篷。奥比具备一种我认为优秀领队才会具有的特质。我之所以这么想，主要是因为他看上去就像一只雪橇犬，就像普

①育空王：美国广播剧《育空的挑战》（又名《育空的普雷斯顿警官》）中普雷斯顿警官的雪橇领队狗，也是他忠诚的伙伴，实际上也是这部广播剧真正的主角。

雷斯顿警官才会有的那种雪橇犬。他体型高大，身材很像狼，颈部长着厚实的灰色鬃毛，尾巴弯曲着盘在后背上，而且性情冷漠。他不喜欢爱抚，经常冲我伸出舌头，有两次还咬过我的腿。奥比总是想找其他公狗打架，我还以为，当然是错误地以为，对于雪橇犬来说，这些表现都是正常的。至少，这就是我梦寐以求的育空王那样的雪橇犬。

我下的套子并不多，但是我们跑了很长的路——97公里的排钩线，需要花费三天的时间才能跑完。但是，我还是只在白天才上路。我不知道还可以用矿工戴的头灯，也不知道在夜里狗会跑得更起劲。我白天赶路，安置陷阱，晚上支起帐篷，在野外宿营，第二天重新给狗套上挽具，继续赶路。这种生活妙不可言。

我跟他们同吃同睡。固定好帐篷，摊开我的睡袋和地垫，然后让狗在营火外围成一圈，将我围在正中间。那些天寒地冻的夜晚，气温会降至零下十到十五度，在这种时候，我就会将几只狗带进帐篷，让他们紧紧地围在睡袋四周。透过睡袋，我听着他们的呼吸，感受着他们的心跳。有他们的灵魂在帐篷里陪着我，这样我便可以安然入睡了。他们同样感到了温暖，会紧紧地靠在睡袋上，把睡袋四周围得严严实实的。我们曾经经历过一个极其寒冷的夜晚，当时可能已经到了零下三十至三十五度，第二天清晨，我和身边的狗一起醒来的时候，发现其中三只蜷缩在了我的身上，成了一张有呼吸、能喘气的毯子。

因为有过这样的亲密，因为一道跑过的路，因为同他们一起跳过的舞，我便以为自己已经了解了他们。出于这样的认识，或者说基于这种态度，我便没有再做进一步了解他们的努力了。

我只是一味地跑着，一味地下着套子，偶尔逮住一只河狸，脑

袋里想象着自己就是普雷斯顿警官，面前的队伍中全都是育空王那样的狗。

直到风暴给我上了一课。

那天夜里，我已经离家有32公里远了，天气非常寒冷，将近零下四十度。我打算趁着夜色继续赶路——往家赶，而不再继续在野外宿营了。

赶狗跟驾着小船漂在大海上很相似。绝对距离几乎不复存在了。根据风力大小、船只情况，以及水手的身体状况，乘风而行160公里或许会花费十二至十四个小时。而调转方向，逆风而行，尤其还是在逆流而行的情况下，同样的160公里或许需要一个星期，甚至长达两个星期的时间。事实上，有时候这段航程根本就走不完。一贯如此。

狗也差不多。带着一支每小时能穿行11公里的队伍——这基本上就是他们的平均速度——跑完32公里似乎只需要三个小时，有时候的确如此。然而，降雪每增加2厘米，雪橇的速度就会减慢一分；每增加一点负重，雪橇就又会慢下来一点，另外还有迎面吹来的寒风进一步加重雪橇的负担。在这种情况下，狗的时速只能达到5公里至6公里。这段路——同样的32公里——突然就变成了五个、六个，甚至七个小时的路程。而且，对于负重奔跑的七个小时的路程来说，停下来让狗休息一下，让他们睡上几个钟头，喂点食物，都是十分必要的。这样一来，整个行程便又进一步被耽搁了。

这些事情都与我的想象截然相反。我以为三个小时就能跑完的路程，实际上跑了将近九个小时，不仅走的全都是夜路，而且一路上寒冷刺骨，大地上覆盖着刚刚落下的雪，平坦的旷野变得崎岖不平，而我的雪橇也装得满满的，有将近250公斤的负重。

这个夜晚成了我这一生中最漫长的夜晚之一。

当时我还不知道应该给狗直接喂食生肉和肥肉，就像是往发动机里装汽油一样。的确有人告诉过我肉无益于狗的健康，应该只喂他们吃干狗粮。我带着一麻袋狗粮，每当停下来宿营的时候，就给他们喂一些。

全错了。大错而特错。当时我不仅不懂得应该让狗吃肉和油脂，而且不知道，在他们进行繁重的工作，或者承受巨大的压力时，绝对不能给他们喂食干狗粮。作为狗粮的基础成分，玉米碴子不仅毫无营养价值，而且颗粒尖锐，基本上无法消化。当工作状态中的狗重负前行的时候，其胃部会收缩，这时玉米碴子就变成了一把把小小的刀子，不停地切割并撕扯着他们的肠子……

那时候我对此一无所知。

风暴也一样。

风暴几乎就是一条典型的雪橇犬。他看上去很像是一匹花斑狼，长着一对漂亮的吊睛眼，一迈出前腿就能蹿出去很长一段距离，脖子上还长着浓密的鬃毛，脊背也非常平直。从很多方面来看，他都是一只野性十足的狗，但是他非常喜欢人类，总是靠在人的腿上，享受着人的爱抚。

他拉着雪橇。

当然，他们全都在拉着雪橇。遗传所致。

这个法则，或者说是指令，非常古老，以至于成了作为雪橇犬的

必要条件，成了雪橇犬存在的要素。在他们长到六个月大的时候，你给他们套上挽具，他们便开始自己拉动雪橇了。无须任何训练。雪橇犬就是雪橇犬。

但是，还是会有一些雪橇犬优于其他的同类。风暴是发自内心地在拉着雪橇，是出于某种原始的本能在拉，这种本能强烈到这样一种地步：他即使在不想拉的时候，也无法让自己停下来。

他同时也是那种被我们称之为“诚实”的狗。有些狗的确也会拉雪橇，但是当感到疲倦的时候，他们就会懈怠，同时还使劲儿地拖着绳套，显出一副拼命工作的样子，而实际上他们已经歇下来了，等到缓上一段路之后，他们就又开始使劲了。这算不上坏事，只是那种我们彼此都心照不宣的事情而已，这也是狗在拉雪橇的过程中必然存在的现象。然而，还是有一些狗自始至终都那么拼命，哪怕是在疲惫的时候，风暴就属于这种狗。这样的狗会被认为是“诚实”的狗，对于长途奔跑来说，或多或少，他们会比其他的狗起到更为重要的作用。

就这样，在这样的一个夜晚，在我的无知的引导下，我们上路了，开始了我认为应该是很轻松的旅程。

一开始，旅程并没有那么艰难。

在一定程度上，我甚至还感受到了从未见到过的美妙。夜空中挂着一轮满月，在月光下启程后不久，我们经过了一片狭长而美丽的湖。从雪地上折射到寒冷空气中的月光那么明亮、干净，纤尘不染，你甚至可以借着月光看书，而狗在严寒的情况下也跑得非常出色。湖的尽头处有一座高高的山冈，山脚下有一片林地，我们正好要从树林中穿过。

我们在密不透光的树林中爬上山坡，半路上碰到了不同寻常的“逆温”现象。来到山顶，重新走到皎洁的月光下，狗呼出的热气凝结成了一团蒸汽，蒸汽悬浮在他们的脊背上，将他们包裹了起来。

赶路时，他们非常安静，只有在电影里他们才会一路上叮当作响，嗷嗷直叫。一路上都十分静寂，静寂得只能听到他们“呼哧呼哧”的喘息声，以及绳套卡扣发出的“叮当”声，就在这样的寂静中，我来到了无遮无拦，遍地月光的山顶。

美得惊心动魄。

这也是长途奔跑与生俱来的一部分。

我们穿过一片被龙卷风涤荡过的地域，然后朝山下跑去，一路上在倒卧树木的残枝断叶中走了10公里。

刚刚落下来的雪让这段路变得格外艰难，我时不时就得停下车，用斧头劈开横在路上的树木，然后吃力地把雪橇从树干上拖过去。我一直骂骂咧咧地挥一阵斧头，再推一阵树干，狗也都连顶带拽地使着劲儿，最后终于穿过了那片地区，又来到一片开阔顺畅的林地。我们走在浓密的云杉林中，在斑斑点点的月光和美景中钻进钻出。皮肤上蒸发出来的汗水冻结在外套上，我不得不停下雪橇，用一根树枝刮掉外套上的冰碴。就在那一刻，风暴突然莫名其妙地喷起了血。

在月光下我看不出来那是血，只能看到他的屁股里喷出一股黑乎乎的东西。风暴处于雪橇正前方的轮点（起源于马车的一个术语）位置上，雪橇的前端和路两旁都洒满了那样的黑水。

我停了下来，把雪橇拴在一棵树上。我以为风暴是在拉肚子——拉肚子已经不能算是小问题了，于是我跑到了他的身旁。

风暴站在那里，没有什么异样的表现，仍旧狠命地拉着套子，好拖着雪橇继续前行。气温越来越低了，所有的狗都希望能继续前进。他们能对付严寒——越冷越好。

但是，他的气味不对劲儿。

我在他身旁有一团污迹的雪地上跪了下来，根据我的判断，那团污迹闻起来不太正常。我划着一根火柴，结果惊惧地看到，那竟然是一团鲜血。

风暴的屁股还在往外喷着鲜红的血。血糊在雪橇和小路上。以前我从来不知道还有这种事情，从来不曾目睹过这种景象，也从来没有让任何一条狗受过伤。

可是，现在这种景象就摆在我的眼前。

其他的狗全都嚎叫了起来，凄厉的叫声震耳欲聋，他们全都失去了耐心，只想赶快跑起来。他们都很清楚现在正在往家赶。

风暴没有搭理我，他仍旧嚎叫着，一边还猛烈地向前扑去，仿佛一切都很正常。

他每往前扑一下，血就又喷出来一团。

我乱了阵脚。一生之中，血对我而言总是意味着糟糕的事情，极其糟糕的事情。血意味着死亡。我不知道自己该做些什么。此刻我就站在他的身旁，却不知道该做些什么。

我想到了医生——我得趁着他还没有死去，赶紧给他找来一位医生。不能再让他拉雪橇了。我得让他放松下来，带他去看医生。我当时想到的就只有这么多。

我把他从中央链绳上解下来，抱着他坐上了雪橇，他一直不停地挣扎着、嚎叫着。我在他的项圈上绑了一小截绳子，将他拴在了车斗里。然后，我站在橇板上，放开了队伍。

还没跑出去五十米，风暴就彻底失去了理智。他看着黑漆漆的前方，看着其他的狗都在拉雪橇，而自己却坐在车斗里，顿时陷入了疯狂。他在雪橇上扑腾着，撕扯着雪橇，撕扯着拴在自己项圈上的那截绳子，撕扯着我——撕扯着整个世界，到最后终于从雪橇上掉了下去。靠着拴在项圈上的绳子，他在落下去的地方又拽起了雪橇，拽得脖子都打弯了。

我停了下来，又把他抱回雪橇上，试图继续赶路。可是，这种努力只是徒劳。他随即又挣扎着想要下去，不停地嚎叫着，一落到地上，便又开始拼命地用脖子拖曳雪橇。

我给他换上了一根长一些的绳子，希望他能跑在后面，可还是不管用。他就是要赶上来，跟雪橇并驾齐驱，等到绳子缠在一起的时候，他就又开始狠命地拖曳起雪橇，脖子也再一次扭到了一旁。

其实，他们并不了解挽具。当库克船长①最早到达阿拉斯加，看到爱斯基摩人和狗队时，爱斯基摩人并没有挽具。那些狗就是靠着简陋的项圈在拉雪橇。风暴根本不在乎自己身上有没有挽具。项圈就足够了。

风暴就像原先爱斯基摩人的狗那样拉着雪橇，就那样拉着。我没法再停下来了，倘若耽搁的时间太长，不能及时带他找到医生的话，他就会因为失血过多而丢掉性命。我不能再让他坐在雪橇上

①库克船长：海军上校詹姆斯·库克（1728年11月7日—1779年2月14日），英国皇家海军军官、航海家、探险家和制图师，曾经三度奉命出海前往太平洋，带领船员成为首批登陆澳洲东岸和夏威夷群岛的欧洲人，也创下首次有欧洲船只环绕新西兰航行的纪录。

了，否则他还是会在雪橇上拼命扑打，好让自己下去，而下去之后他又要拉雪橇，这些都只会加剧他失血的状况。我也无法让他轻松地跑在雪橇后面。

到最后焦虑已经让我有些失去理智了，我卸掉了他身上的挽具，放开他，任由他自由自在地跑着，我以为他会跟在队伍后面穿过夜色。

可是，他却立即赶了上来，绕过雪橇，跑到了自己原先的位置上。尽管身上毫无束缚，但他还是使劲地向前拖曳着。有那么一会儿，我以为这样做还挺管用的，至少在拖曳时他不需要再承受雪橇的重量了。可是，他还是不停地流着血，看上去还是很卖力，还是在拼命地拉着雪橇。由于没有被挂在队伍里，一碰到崎岖不平的地方，他就会一头栽向前方，然后跌跌绊绊地跑上好几步，几乎要倒在地上。每当他快要绊倒的时候，雪橇总是会险些从他的身上轧过去。毫无疑问，一旦轧过去，他肯定就没命了。终于，我意识到自己只能由着他的性子来了。

就让他去拉雪橇吧。

那天夜里，风暴的鲜血让我领悟到了一个可怕的事实。血对我来说非常重要，简直是太重要了，这么说吧，血从他的身体里消失了，我想他的生命也就消失了。终于，我又给他套上了挽具，将他挂在了队伍当中，然后重新上路，心里不停地想着，我这就是在让他去送死。

继续跑了七个小时之后，我们停了下来，我给狗喂了一些干粮和肉。他们又吃了点儿雪。风暴仍旧在拉着雪橇。

月光下，我们越过两条河，跑过几片湖区，又穿过几座陡峭的山冈，风暴一直在拉着雪橇。我在等着他停下来，我恨自己别无选择。

但是，这一切对风暴来说却无关紧要。

对风暴来说，一切都无关紧要。血，我的担忧，这一切带来的恐惧对风暴而言，就如同雪地里那只鹿的鲜血对于狼群一样，微不足道。这是他生命的一部分，只要能跟上其他的狗，跟上他的那些队友，只要他能听命于一位车手，这位车手也在队伍当中，拉着雪橇，那么其他的一切对他来说，就都无关紧要了。

风暴没有死。后来，等上了年纪的时候，他又让我领会到了死亡的意义，不过不是在那个夜晚。那天夜里，他不停地奔跑着，我们一直跑到了将要破晓的时候，那时，我已经能看到从小木屋的窗户里透出来的灯光，科勒曼燃油汽化灯的灯光。小木屋就在我家附近那片沼泽地的对面。风暴绝对不会犹豫，六年多来他从未犹豫过，从未放弃过拉雪橇。我将狗身上的挽具卸了下来，轻轻地摩挲着他们的肩膀，一边惊讶地看着风暴。他站在那里，不停地摇着尾巴，血已经不再往外冒了。我给他们套上链子，好让他们利用自己房子里刚换上的稻草，给自己弄出一张软绵绵的床铺。我意识到，这个夜晚我还了解到了其他一些事情。我明白了自己对动物一无所知——通过那只鹿和狼群，我也领会到了这一点，对于促使他们参加劳作的本能，我毫无所知。

就像通过那只鹿和狼群领悟到的一样，我再一次意识到，自己渴望了解更多的东西，渴望了解狗、森林，以及驾驭雪橇犬的一切。

但是，在此之前，我又得到了另外一个重要的教训，那同样是一个血淋淋的教训。

寒冷有时候会变得非常奇怪。我说的并不是从家里跑到公车上、轿车上，或者是去小商店的路上感觉到的那种寒冷，不是秋日清晨感觉到的那种冰冷。我指的是极度深寒。

真正的严寒。

零下四十、五十，甚至六十度——这都是实际的度数，而非大风带来的降温——似乎可以改变一切。钢变脆了，断裂了；直接吸入喉咙的空气会冻住喉咙，让血管爆裂；长时间裸露在空气中的眼睛会被冻住；手指和脚趾会被冻僵，然后变成黑色，最后断裂。这都是严寒中常见的事情，人们对此都很清楚。

可是，严寒同时也改变了大自然的美。从未有过的清澈笼罩着万事万物，一切看起来都是那么清晰；空中似乎总是回荡着叮当作响的铃声，冰晶凝结的空气中似乎飘满了钻石。

在训练的那段日子里，在阿拉斯加的一条河上，我曾看到过一幅这样的画面，一个漩涡冻结成了一个底部敞开的圆锥体，就像是一个美丽的陷阱，正等着吞噬整队的雪橇犬。我停下打量着那个漩涡，冰层下，河水仍旧在咆哮着。狗全都变得紧张起来，直勾勾地盯着漩涡的中心，好像一个个都很迷惑似的。直到继续上路之后，他们才又开心起来。

过了一阵子，我不再下套子设陷阱了。同其他很多改变一样，这种改变也是狗的缘故。正如前面说过的那样，我从很小的时候就开始打猎、下套子，猎杀了很多动物。我从未觉得这种生活有什么不对的地方，直到狗出现在我的生命之中。然后就发生了一桩事情，几乎可以说是一桩蠢事，我的生活因此而改变了。

哥伦比亚是一只幽默的狗，我意识到了这一点。

在夏日里，狗都住在狗场，每只狗都有单独的房子。他们被拴着，链子足够让他们在一定的范围内活动。他们只能在凉爽的夜晚，顺着车辙跑上一阵，有时候他们会厌倦被拴住的日子，为了缓解他们的无聊，我们会给他们一些大块的牛骨，好让他们嚼一嚼、乐一乐。大约每隔一天，他们就能重新得到一块骨头，于是骨头成了他们争斗的焦点——我们管这个叫作“牛骨大战”。有时候，狗场不同区域的狗会叼着骨头，把骨头举在半空中，彼此对视着，竖起身上的毛，然后就开始冲着对方咆哮起来，摆出一副高姿态来炫耀各自的骨头。

可是，哥伦比亚却不太一样。

他总是嚼着骨头，直到把上面的肉啃个精光为止，然后把骨头埋起来，等待着下一块骨头的到来。我从来没有看到过他跟别的狗打斗，或者参与牛骨大战，所以我还一直以为他是一只单纯——或许用“原始”这个词更为恰当——的狗，朴实，很接近狼的脾性。可有一天我坐在狗场里，对他的看法终于改变了。

那一次，我拿着一个笔记本，正坐在小饼干的狗屋顶上，撰写“狗是优秀的工作伙伴”之类的东西，就在那时，我无意中目睹了哥伦比亚奇怪的举动。

他安静地坐在自己的领地边缘——就是他的锁链最远所能到达的地方——用一只爪子推着自己的那根骨头，骨头上还挂着一点肉。他把骨头从自己身边推开，朝着旁边其他狗的领地推了过去。

住在哥伦比亚隔壁的那只狗名叫奥拉夫，哥伦比亚总是一副温驯的样子，而奥拉夫则是一个好斗的家伙。奥拉夫总是想打斗，为了骨头、母狗、天气……任何能令他着迷的事情，都会让他同其他的狗争斗上好长时间。争斗让他伤痕累累，耳朵上落下了豁口，鼻子和嘴巴上也留下了一道道的疤痕，不过他的确是一条非常出色的狗，强壮而诚实，我们都很喜欢他。

因为住处紧挨着，奥拉夫已经向哥伦比亚挑衅过很多次了。他试图刺激哥伦比亚同自己搏斗一番，或者咆哮一阵。可是，哥伦比亚一直都对奥拉夫的挑衅置之不理。

直到这个上午。

哥伦比亚谨慎而缓慢地推着自己的骨头，将它朝奥拉夫的领地推了过去。

奥拉夫坚韧、强壮、诚实，但是不够聪明。就像他们说的那样，有些家伙就是要比别人聪明一些，还有些家伙不太聪明，此外还有一些就是奥拉夫这样的家伙。管奥拉夫叫“蠢蛋”或许有失公正，毕竟狗跟人的判断标准不一样，可是就算是在狗的世界里，他也不会成为领袖。他就是一个多少有些愚蠢的大块头恶霸。

看到哥伦比亚把骨头朝自己这边推过来，奥拉夫立即伸出爪子，去够那根骨头。尽管身上的锁链已经被拉得紧绷绷的，他还转来转去地，试着往前多走一点儿，同时拼命地伸着右前爪的中趾，尽量把爪子往远处探去。

可是，还是不够远。哥伦比亚对距离的控制精确到了毫米。他慢悠悠地推着骨头，一直把它推到了奥拉夫的爪子跟前——差一点儿就能够到了。奥拉夫使的劲儿太大了，眼睛都鼓了起来。

哥伦比亚坐在一旁，看着奥拉夫挣扎撕扯了好一阵子。大约有好几分钟的时间，奥拉夫一直都拼尽全力地挣扎着。哥伦比亚则仰天大笑起来。

“哈，哈，哈……”

然后，他便掉头离去了。

而我再也无法猎杀动物，也无法再下套子了。

一切都是如此突如其来。以前我总是充满怜悯地看着狗，还有他们的幼崽。我愤怒过，喜悦过，恨过，也爱过他们，但是这种幽默感，比其他任何感觉都更能触动我。

这种感觉太复杂了。

他自己琢磨出了一个恶作剧，用骨头和恶霸当主角的恶作剧，然后小心翼翼，一声不吭地将这个构思付诸行动，最后又笑着扬长而去。这一切太精妙、太复杂了，让我想起了一连串的事情。

我想，如果哥伦比亚能干出这样的事情，如果一只狗可以干出这样的事情，那么狼同样可以。如果狼可以的话，那么鹿也可以。如果鹿可以的话，那么河狸也可以，松鼠也可以，还有鸟，还有……还有……还有……

就这样，我不再给他们下套子了。

对我而言，猎杀是错误的。

但是，这里还存在着一个问题。我带着狗，又将之前布下的排钩线查看了一遍，重新体会到了某种有些原始的喜悦感，而这种喜悦感正是我想要研究的东西。我想赶着狗群奔跑，想从他们的身上学到某些东西。但是，只是赶着他们东奔西跑似乎只是在浪费时间（“不成熟”这个词也从我的脑袋里冒了出来）。我认为自己必须保留一条排钩线，好给他们的奔跑一个站得住脚的理由，于是我将排钩线保留了下来。

不过，我没有继续安置陷阱了。我赶着狗队，露宿野外，从狗的身上学习着点点滴滴，仔细研究着，在有需要的情况下，最适宜安置陷阱的位置。在想象中，我捉到了很多河狸和麝鼠，但是我没有再设过陷阱，也没有再猎杀过动物了。此生我再也不会猎杀他们了。

然而，排钩线却是实实在在的。它莫名其妙地存在于我的心里，直到写下这些文字的时候，我还从未对任何人透露过这个秘密——排钩线没有消失，每当我在一个地方“下套子”的时候，我总是将那根线放长，好让自己去别的地方继续“下套子”，完全就像是真的在下

套子一样。虚幻的陷阱——或多或少地——让我有了继续赶着狗队东奔西跑的理由。这种生活持续了很久，直到我开始训练参赛队伍，为参加艾迪塔罗德大赛。艾迪塔罗德大赛是横贯阿拉斯加的雪橇犬大赛，我以前从《阿拉斯加》杂志上读到过。

不过，也正是在那些长途“下套子”的岁月里，我得到了第三个教训，或者说是觉醒。

林间有一条路横贯一条陡峭的溪谷——很小的峡谷，小路顺着溪谷的峭壁陡然降下去，大约有15米，在迅速穿过一条冰冻的小溪之后，又在溪谷的另一侧攀了上去。这很有可能是狩猎者踩出来的路，路面有点儿宽，要不就是一条前人走出来的，一直没有塌陷的老路。不管它究竟是怎样的一条路，我都在一月中旬走上了这条路。狗全都兴奋极了。新路总是能让他们激动起来。来到溪谷前的时候，他们几乎全都在大口大口地吐着白气。

我不知道溪谷就在那里，一路上一直任由他们肆意狂奔，始终都没有踩一下刹车，以减慢他们的速度。结果，我们几乎从溪谷的峭壁上飞了出去。

狗并没有偏离道路，可是我却在一瞬间彻底失控了，随着雪橇一起飞到了半空中。飞出去的时候我的腿向外踢腾着，结果我的膝盖撞在了一个尖利的东西上。我感觉到膝盖骨下面戳进了一截木头，骨头被木头给扯开了。

当时我尖叫了起来。

狗全都冲到了冰封的小溪上，我沉沉地跌落在冰面上。

真是祸不单行——世事一向如此。那条老路穿过小溪，小溪下方有一条落差大约在6米的小瀑布，瀑布已经冻结了。后来我才意识到那条瀑布有多么美妙，水流不断地被冻结，蓝莹莹的冰挂也随之越来越多，层层叠叠地积聚着……

可是当时我却什么都没有看到。我就像是一块掉在地上的肉一样，狠狠地砸在冰床上，然后反弹起来，滑过瀑布的边缘，继续向下降落了6米，最终落在了下面冰封的池塘上。落地时，我的膝盖先着了地，而当时我的膝盖骨已经彻底破碎并脱落了。

在赶着狗队东奔西跑的日子里，我受过好几次伤，肋骨曾经折断过，左腿骨折过一次，左手手腕骨折过一次，另外还有多处被冻伤和割伤过，要不就是在给狗群劝架的时候被他们咬伤过，可是没有哪一次能跟这一次相提并论。

我觉得自己昏迷的时间并不长，头疼得就像马上要裂开似的。

我可以肯定地说自己又尖叫了起来，要不就是哼哼了起来，接下来几分钟的时间里发生的事情，我不太记得了。当时我只是蠕动着身体，试图让自己恢复意识。

当一切重新平静下来，再一次恢复控制力的时候，我睁开了眼睛，我看到自己的雪地裤和套在里面的牛仔裤上，裂开了一条大约半米，参差不齐的豁口。血不停地从伤口里往外冒，裤子和伤口下的冰面上，全都浸满了鲜血。

我时而休克过去，时而感到一阵刺痛，我只能不断地闭起双眼。这一切只是几分钟的事情，可是感觉上却仿佛过了好几个钟头，我已知道自己碰到大麻烦了。跟人们的普遍认识相反，狗队通常不会停下

脚步，等待从雪橇上掉落的赶橇人。他们会一个劲儿地赶路，一跑就是好几公里。

我躺在冰面上，很清楚自己没法走路了。我没有考虑过，如果没有拐杖之类的东西，我甚至都无法从地上站起来，但是我很清楚，我走不了路了。我已经离家32公里了，距离最近的农场或者人家也有14公里远。

也或者有万里之遥。

自怨自艾的情绪不知不觉地涌上心头，在不熟悉的地方任由他们狂奔，我对自己的愚蠢行动懊恼不已。我挣扎着把身子朝河岸上挪去，好让身子保持一个舒服一点儿的姿势，就在这时，我听到头顶上传来一个声音。

我抬起头，看到奥比正站在瀑布边缘，俯视着我。

一开始，我根本不敢相信自己所看到的一切。

他哀号了几声，不停地跑来跑去，好像是要把队伍拽到瀑布边上似的。然后，他就从我的视野里消失了。我又听到了几声哀号和咆哮声，然后是一阵抓地的声音，接着我便惊讶地看到，他带着整支队伍爬回了溪谷边，然后拽着他们跑过瀑布，来到了我头顶上方的峭壁上。

狗队拧成了乱七八糟的一团，但奥比还是一直拽着他们走了过来，直到他自己也落在了瀑布下。他跟几乎全都压在他身上的狗群一起，手忙脚乱地从溪岸上爬了下来。然后，他们顺着冰冻的小溪，将雪橇拖到了我的身旁。

在从溪岸上爬下来的时候，奥比带着队伍穿过了一片浓密的苍耳丛，他们的耳朵中间，脊背上，全都粘满了大团大团的苍耳。

奥比将队伍拖到了我的身边，忧心忡忡地看着我，然后轻轻地哀号了一声。我伸手抓住了他的颈毛，将他的脑袋拽到了自己的身前，搂着他。我这一辈子，大概见到任何人，都不会比此时此刻见到奥比更加开心了。随即，我感觉到有什么东西碰到了我。向下看，我看到其中一只名叫杜伯里的狗，正在舔我腿上的伤口。

舔舐的时候，杜伯里并没有带着接触猎物鲜血时的兴奋，她只是轻柔地舔着我，就像是在给小狗崽清理身体。她是在为我疗伤止痛。

由于担心她会受到感染，我轻轻地推开了她的脑袋，可她还是执意要为我舔舐伤口。过了一会儿，我又在冰面上躺了下来，任凭她给我清理伤口，同时我还抓着奥比的脖子，抓着一位好朋友。

后来，我拖着身体挪到了一边，把缠结在一起的狗绳解开，把雪橇上的东西也卸掉了一些，然后我爬上了雪橇，把自己的腿绑在了雪橇上。我们就这样回了家，一路上我始终都坐在雪橇上。之后，我的伤口得到了缝合，逐渐痊愈了。我坐在小木屋里，把那条腿高高地架在柴炉旁的靠垫上。后来，一切疼痛都不复存在了，我终于有了充足的闲暇时光，来回忆这件事情……后来，我一直在想着那群狗。

他们是如何回来帮助我，或者应该说是救了我。我知道在狗的心中，在他们的秉性中，在他们的思维方式中，始终存在着一种古老而伟大的知识。他们拥有一种我们已经彻底遗失的东西。

狗能够教我懂得那种东西。

4

这段险途从一开始就非比寻常。人和动物，我们当下与往昔的生活方式，大商场与大森林，都有着天壤之别。

首先，人和动物之间的差异在于人会使用火。人类能够制造火，而动物不能。噢！还有些细微的差别，诸如汽车、飞机以及其他一切我们琢磨出来的发明。然而，在野外，人和动物的本质差异只在于，我们对火具有控制能力。

正是火的问题，开始让我逐渐认识到，林地生活是多么不可思议。

一切都源于一堆篝火。

寒冬腊月，我带着几条新找到的狗，奔跑在160公里的旅途中。那些狗都还是幼崽，刚满一岁。当时我已经告别了下套子的生活，开始训练起这群幼犬，指望着他们能够参加艾迪塔罗德大赛。此前的大多数时间里，小崽子们都待在狗窝里，只接受过一点短距离的奔跑训练，所以在这段旅程中，差不多每一样事物在他们眼里都特别新鲜。他们在奔跑的过程中必须学会理解这一切。

地里的一头母牛让他们感到非常诧异，他们觉得有必要对她研究一番。结果，我花了半个小时才把自己从围栏上解下来。这时，一只松鸡飞落到我们正前方，他们又觉得有必要追捕一下这个东西。然后，一只北美红松鼠把我们从正路上拐到了树林里，结果我们一个摞一个地，头朝下扎进了深深的雪堆中，浑身盖满了雪。

总之，那天对他们来说充满了惊奇。夜幕降临的时候，我们该休息了。带着小狗，你一天只能对付32公里。在云杉林里，我们找了一小片松软的空地。我给他们垫好了窝，喂了食，把他们安顿好——至少对小狗来说算是安顿了——然后就在空地正中的雪层里，挖了一个火坑，旁边放着雪橇。我用白杨树的枯枝生了一小堆火。那天晚上不算冷，所以火生得很小，刚够把雪烤化烧点儿茶水。火苗还不到半米高。然而，就是这点儿火也立即产生了惊人的作用。

那群狗被吓坏了。他们在锁链上拼命挣扎着，向外扑出来，把自己摔得噼啪作响，一边还尖叫着。我走到他们身边，用抚摸安慰着他们，终于让他们接受了火。给他们准备的肉块已经冻僵了，我把肉块放在火边软化，这样他们吃到的就是温暖的食物了。他们坐在那儿，凝视着火苗，眼睛一眨不眨。

当然，以前他们在狗窝里的时候，从来没有看到过火堆，甚至是火苗，这些东西对他们来说是全新的事物。然而，是神秘感，让他们

本能地产生了对火的恐惧。那一天，他们碰到了很多新玩意儿，但是除了火，他们无所畏惧。

克服了恐惧之后，他们就对火堆着了迷。我从雪橇上拿下自己的防潮垫和睡袋，把他们在地上摊开，准备过夜。这个活儿并不简单。我得把衬着毛毡里子的防水靴脱下来，放在睡袋里，这样第二天早晨起身的时候，我的体温就能把靴子烘干。风雪衣也得把里子翻出来，这样白天吸在上面的汗水就能凝结，第二天清晨一刮就掉了。每一件湿衣服都得摊平，一件压一件地堆在睡袋里，当然也都是为了能被烘干。在头灯的照射下，我完成了这些工作，之后就熄灭了营火。

就在我往睡袋里钻的时候，一只狗开始唱起了歌。一支哀伤的歌。

他们会唱很多歌，我只听过其中的一部分。雪原上升起一轮满月的时候，或者饱餐之后，他们会唱起快乐的歌；还有为雨天唱的歌，很忧伤，他们不是很喜欢下雨；还有一支歌，当你刚才还守在狗窝旁，此刻就要离去时，你就能听到那支歌，“回来吧，别再离去”，一首哀歌。

当时，那条狗唱的就是这支哀歌。我转过头看着他，他盯着已经熄灭的火堆，雪地里只剩下一个杯子大小的黑洞。很快，其余的狗也都唱了起来，他们在为自己失去了那堆火而哀号着、呻吟着。每一只狗都凝视着火熄灭的地方。

就在一个小时前，他们还对火充满了与生俱来的，被基因决定的恐惧，可一个小时以后，他们明白了火是怎么一回事，然后当它消失的时候，他们就开始想念它。

洞穴时代的人类一定经历过同样的阶段。我想知道的是，我们人类花了多长时间才理解并熟悉了火。狗崽们只用一个小时就完成了这个过程。我一边把木乃伊睡袋[1]头部的拉链拉上，一边思索着他们该有多聪明啊，或者说我们人类有多么愚钝，而我们又是多么自以为是地认为我们很聪明。

有时候他们跑得那么不可思议。就算已经开始休息了，而且他们也已经奔跑了一整天，我仍是无法相信他们能那样奔跑。

零下二十度，这个温度对狗来说很合适，跑起来不会太热，同时又不至于冷到冻坏他们的身体。一旦碰到这样适宜赶路的气温，我就觉得应该让他们放开跑，看看他们会做些什么事情。我一声不吭，也不做任何表示。除非需要补充点肉块或者其他零食，其他时间我就一直站在雪橇后面，任由他们肆意狂奔，不到他们想停步的时候绝不大声喊停。而且，从那时起，我只让他们按照这样的方式奔跑。这样，他们就能逐渐恢复原始的本能，快速奔跑，连续十七个小时不减速。

282公里。

他们没有气喘吁吁，没有显出疲态，他们一定还能这样跑下去。我几乎冻僵了，仿佛一块放在雪橇后面的肉块。而他们却仍旧在奔跑，带着荣耀奔跑。即使到了现在，我依然无法相信发生过的一切。

火引起的第二件事情与此大相径庭，那是另外一个时空里才能出现的事情。它发生了，不过还比较容易让人接受。

有一天，我赶着一队体格健壮的成年狗，跑了很长一段路，足

①木乃伊睡袋：常见睡袋款式，状如蚕蛹。其他款式还有信封式等。

有240多公里。地面崎岖不平，有很多小雪丘，雪橇颠簸了一路。那一天，我吃尽了苦头，垂头丧气。等我铺好了狗窝，给他们喂了食，便生起了一大堆火。大部分日子里，我们都是这么跑下来的，那一天我马上就要睡觉了。在我迟缓地爬进睡袋的时候，气温将近零下三十度。

我只想睡觉，眼皮已经很沉重了，脸上还存留着篝火的余温。就在那时，狗群里爆发出一阵惊人的骚动。

我睁开双眼，一只鹿正对着我，站在火堆的另一面。

一头雌鹿。体格相当庞大，超过一岁了。她僵硬地站着，透过火焰，直勾勾地盯着我的脸。她被吓得呆若木鸡。

一开始，我以为她只是鲁莽地撞进了我们的宿营地，在逃避狗群的时候，又跑到了篝火跟前。

然而，她在那里徘徊着，凝视着我；随着身边群狗的喧闹，她的两只耳朵不停地转动着。刚才她没有跑，现在她仍旧没有跑，我想她一定是上天派来的神鹿，来到我的梦中，给我启示的一只鹿精。

接着，我又看到了别的东西。

或许三十米之外，或者更远的地方，可能是营地外，然而距离足够让他们的眼睛被火光照亮——其他的东西。狼群。一群草原狼，刚才就是他们在追逐她。我数不清有多少只，有五六匹的样子，都在焦躁不安地移动着脚步。尽管慑于我的存在，他们不敢贸然靠近，迅速出击，不过很显然，他们也不会这样心甘情愿地放过她。与栖居在北美森林中的大灰狼不同，草原狼不是濒危物种，不属于受保护动物，因此人类设置了大量的陷阱捕杀他们。我们绝对是彼此的敌人，他们根本不希望看到我。

当我看到他们时，我又回头看了看那只雌鹿，她已经上气不接下气了。她大张着嘴，两侧的嘴角上流淌着唾液，其中还泛着血丝。就在她跑到营地时，他们一定差不多就快得手了。

结果，火出现了。

此前她一定已经嗅到了死亡的气息，所以她做出了选择——穿越狗群，朝着篝火跑过去。篝火旁的那个男人是她的一场赌博，她打赌那个男人不是猎鹿人，那些狗也都被链子拴着，或者他们不会像狼群那样对她感兴趣。她打赌，无论如何营地都好过其他的去处。

一系列的抉择让她麻木而狂乱地跑了一阵，身后还有狼群在等待着她。

这一次，她选对了。

我坐起身，只抬起了上半身，我担心快速的移动会让她惊慌失措，再回头跑向狼群。雪橇旁还有一些柴火，我缓缓地往火中加了几块，然后把身体沉了下去。现在，狼群非常焦躁，看到我往篝火中添了木柴，他们只好走开了。然而，那只雌鹿在附近久久没有离去，一直到几条狗已经回到原位，躺下睡觉，她仍然逗留在那里。

她没有松弛下来。她的身体被恐惧控制着，做好了随时逃走的准备。哪怕最轻微的举动，只要觉得不对劲儿，她都会立刻疾驰而去。然而，她一直待在那儿，注视着我，注视着篝火。直到一点儿也看不到狼群的影子时，她才停止了沉重的喘息，身体的两侧不再起伏了。她的目光聚集在我的身上，她的耳朵聆听着狗群的动静。她的鼻孔大张着，嗅着我和篝火的气味。大约过了半个小时，不过感觉上似乎经

过了更长的时间，她做好了准备。她转过身，冲我亮出了她那条白色的尾巴，然后消失了。

她一跑，狗群中又噪声大作。后来，我们都闲散地坐了下来，看着篝火，直到睡意袭来。如果不是第二天早上看到她和狼群的足迹，我会以为那是一场梦。

恐惧有很多种，然而最恐怖的或许莫过于不期而遇的恐惧。那是一种不为人知的恐惧，直到它出现在你的面前。突如其来的恐惧。始料不及的恐惧。

再一次，火又发挥了作用。

我们遇到了熊。由于我们喂狗的时候都会把肉块加工一下，所以狗窝里始终弥漫着肉的气味。在夏季，这股气味会更加浓郁一些，因为有的时候，狗喜欢把自己的食物存放一两天，甚至三四天。他们把食物埋藏起来，日后再刨出来。我们家附近就是荒郊野地，自然而然地，肉的气味可以招惹来很多树林中的原始“居民”。

臭鼬出现得最为频繁，此外还有狐狸、郊狼、灰狼和黄鼠狼，全都是肉食动物。有一次，还有一只鹰在狗窝上方盘旋了一个多星期，叼食狗群的残羹剩饭。曾经还来过一伙丧心病狂的乌鸦，居然占领了小狗们的狗圈。政府将乌鸦列为保护动物，这些家伙似乎知道这件事情。当我提着一桶肉走向狗圈的时候，真是很难猜出究竟谁会吃到这些肉，是狗崽们还是那些鸟。他们把狗食盒旁边的狗崽们啄得四散跑开，美餐一顿，然后肆意拿了些东西才扬长而去。

春天才是最要命的季节，这时狗熊出现了。经过整个冬天的休眠，饥饿压倒了警觉。肉块就像吸引苍蝇一样地招来了狗熊。经常，狗窝周围都聚集着两三头熊。尽管有一天早晨，一头熊把我的妻子从花园里追到了房子里，但是他们通常不会对人造成太大的麻烦。然而，他们却对狗构成了骚扰。

他们高大魁梧，狗群畏惧他们，而他们也肆意利用狗群的恐惧为自己搞到食物。他们把一条狗吓得缩回自己的窝里，然后把那条狗的食物掠夺走，这种场景司空见惯。有两次，我们的狗被狗熊沉重的巴掌打断了脖子，然后狗死了，狗熊则拿走了狗的口粮。

我们和狗熊之间，建立起了一种令人不安的和平关系。然而，我们之间的熟稔带来了麻烦。头一次你在狗窝里看到狗熊，会觉得很新鲜。可是，当你日复一日地看到同一群家伙，你就会开始给其中的几个取名字了，老刀疤耳，比利•乔，诸如此类。这样一来，你就会过于松懈，以至于开始把他们当作自己的宠物了。

真是个天大的错误。

那头成年雄性狗熊又来了，在狗窝附近逡巡了大约一个星期。他的头上有一条横贯的白色条纹，我猜是某个猎人给他留下的伤疤。州里允许猎杀狗熊。他还没到罪大恶极的程度，所以我们对他也不太留神。他会吓唬狗，不时能找到他们的食物储备。不过，他并没有伤害他们，而我们也习惯了他在周围出没。我们管他叫“刀疤头”，偶尔还会取笑他，就好像他是我们豢养的一头家畜。

当时，我们养了三只猫，四十二条狗，十五到二十只鸡，八只鸭子，十九只大白鹅，几只矮脚母鸡——其中一只名叫“老鹰”，后面我还会提到他。此外我们还有十只小鸡，都是自己从小养大的，正如

我妻子所说，我们无法“杀了他们当饭吃”，另外家里还有六只散养在树林里的山羊。

奇怪的是，狗熊从来不打扰其他家畜。他们一定有某种生存法则，因为他们会袭击狗窝，偷盗狗粮，却完全无视鸡群、羊群和其他牲畜。不过要想让山羊明白这一点，实在困难得很。很长一段时间里，他们都竖起背毛，对狗熊大声喷着鼻涕。他们同时也是在对狗群喷鼻涕，后者很喜欢吃它们。山羊永远不会相信休战这回事儿的存在。

我们没有垃圾场处理垃圾，所以得自己把垃圾分类处理，分成有机的和无机的。我们在一个有过滤屏障的围栏里焚烧纸张。这种处理方法很有效，可是，由于无法把食物包装纸上的残渣都清理干净，所以焚烧物里除了纸以外，还有食物。

焚烧时散发出了食物的气味。

没有什么能像烧烤食物那样吸引狗熊了。可能就是通过这个理解了人类的垃圾，他们总是在垃圾堆里翻腾很久。他们的学习速度令人惊讶，例如，在阿拉斯加，狗熊已经知道了，麋鹿猎人的枪声意味着一堆新鲜的肠子，猎人清理完麋鹿后会留下那堆东西。所以一听到枪声，他们就紧赶慢赶地凑过去。猎人和熊之间经常会来上一场秘密竞赛，看谁能最先得到那只死麋鹿……

我们住在荒野的南端，所以总是等到北风吹起的时候才开始焚烧，这样食物的气味就会飘向南方。不过，这种努力有时候很徒劳。很多时候，狗熊、灰狼和其他捕食者已经到了南边，那里的生活更稳定一些。这些肉食动物会掠走很多绵羊，我们一路追捕着他们。

六月的一个清晨，这样的事情出现了。

刀疤头已经有两三天没有出现了，风向也没有问题，于是我开始烧垃圾。迅速把火生起后，我进屋待了片刻，不超过两分钟。等我再走到院子里的时候，刀疤头已经站在了火堆旁。他身后的足迹直接穿过番茄地，一看就是从南边过来的。

他玩得很尽兴，并没有对火堆感到恼怒。他伸出一只爪子在火焰周围摸索着，只要闻起来不错的东西，他都会试图抓起来。他撕碎了很多东西，从焚化栏里把东西撕扯掉。对我来说，那一天糟糕透了；他把我气疯了。

我站在火堆这头，正对着另一头的他。我太了解他了，所以不假思索地，我捡起一根棍子，朝他扔过去，一边大喊着："滚开！"

我之前犯过很多错，以后还会犯更多的错，然而，我希望自己再也不会向一头狗熊扔棍子了。

他的肌肉在皮肤下急速地翻滚着，我的呼吸变得很微弱了，因为他转过身，走向了我，越来越近。我能闻到他的呼吸，能看到他的眼睛周围泛着一圈红色。他走到我的跟前就停了下来，两腿直立着，抬起上身，没过我的头顶。他的两只前腿和爪子悬垂在半空中，轻轻地来回摇摆着，这是他在从容不迫地思考着，是否要扯掉我的脑袋。

我动不了，也没有时间做出反应。我知道自己无话可说了。一巴掌下来我的脖子就断了。我的命在他的手心里，或者说在他的脑袋里，这取决于他对我怎么看——我是否值得烦劳他出手。

当时，我的脑袋里一片空白。

回想整个过程，我不记得自己产生过什么条理清晰的想法。我所知道的就只有恐怖的危胁。他观察我的时候，两只眼睛看起来很小。他俯视着我，似乎有一个钟头。我一动不动，停止了呼吸，停止了思维，停止了一切。

然后，他又俯下了身子。

或许我不值得他出手。他缓慢地放下上身，向垃圾堆的方向走去。我朝自己的房子退去，退到一半的时候，我跑了起来。这会儿，我的愤怒发作了。我从房门旁的枪械架上取下一管步枪，然后又走到了院子里。

他还待在那儿，还在翻寻这垃圾堆。我拉动枪栓，装上一颗子弹，瞄准了狗熊的致命之处，然后眯起了眼睛。暴怒中，我就要使出两公斤的力量扣动扳机①，这个力量足以把他送上西天。

然后，我住手了。

为什么要杀了他？

这个想法溜进了我的脑海。

杀死他究竟是为了什么？

就是因为他没有杀死我吗？因为他让我知道，朝一头二百公斤的狗熊身上扔棍子是错误的？因为他没有伤害我，因为他没有杀死我，我就应该杀死他？我放下步枪，退出子弹，把枪放了回去。我希望刀疤头现在还活着，因为他给我上了一课。我希望他能长寿，能过上幸福的生活，因为那一次，当我仰视着他，而他在决定是否要结果我的时候，我明白了：当一切混在一起的时候，我不比丛林里的任何动物伟大，也不比他们卑微。

5

为了在家中取暖，我们得烧木柴，家里有一个烧柴火的老式炉灶。冬天里，在寒冷的清晨，俯身在这个炉子上，暖和暖和自己的手，闻着浓郁的松香，以及正在炉子里烘烤的新鲜面包的香气，这比任何事情都更能让我感觉到温暖。

猫也喜欢柴炉。冬日的大部分时间里，他们不是依偎在柴炉旁，就是卧在柴炉下。我们还有一位邻居，那个老单身汉让鸡和自己一起住在家里。每天晚上，等炉火熄灭之后，他的鸡就都卧到炉子上取暖。他的家里被搞得一团糟——鸡可是没法调教的。老单身汉一点着炉子，炉火就把鸡身上的玩意儿给烧焦了，那股气味让人根本没法在他的家里待下去。可是，老单身汉似乎很喜欢那种气味，而且鸡也可以给他做伴。

我们家不允许宠物狗之外的任何动物进屋，我们养了三只胖乎乎的类似小猎犬之类的狗，当然喽，还养着几只猫。可是，鸡发现烟囱在往外冒烟的时候，还会传导出房间里的温暖。因此，冬季里，大清早出门的时候，总是能看到鸡卧在房顶上，围着烟囱取暖（她们有一个非常棒的独立鸡舍，但是我们还是任由她们四处溜达，这样产下的蛋更美味，而且她们自己也更喜欢将烟囱当作自己的家）。

其中有一只叫作“老鹰”的矮脚鸡，在一定程度上属于森林的产物，所以或许我应该讲一讲她的故事。

我的妻子说矮脚鸡令人头痛，她们体型瘦小，你永远都没法摆脱她们。她们的确非常惹人讨厌，但是她们完全过着自给自足的生活，也非常喜欢招待客人，哪怕是用三十个左右的小鸡蛋，做一顿美味的煎蛋卷都行。她们永远卧在自己的窝里孵着小鸡，一边孵，一边“咯咯”地叫个不停，同时还能向任何靠近她们的东西发起攻击。看到正在照顾十五或二十只小鸡的矮脚鸡时，你会对母爱产生一种全新的理解。我曾经看到过成年男子在这种小鸡的攻击下，夺路而逃的情景。

那年的暮春时节，我常常赶着一队狗外出。在没有降雪的日子里，我们就拖上一辆有轮子的平板车（很像是装了轮子的雪橇）。有一天，我们正走在密林旁的乡间小路上，突然看到了一只死松鸡。那是一只披肩松鸡，大概是在为砂囊寻找小砾石的时候被车撞了。每天晚上松鸡都要来到马路上，找点儿石子，好粉碎吃下去的种子和浆果。他们常常被车撞到。还没等我喊住我的狗，他们就已经抓住了那只松鸡。可是，松鸡已经死了，她的羽毛飘浮在半空中。我们继续上

路了，一路上我不时朝低矮的灌木丛里瞟上一眼，搜寻着她的老巢。终于，我发现了她的老巢，我停下平板车，把狗拴紧，以免他们乱跑——这支队伍中刚刚加入了几只幼犬。结果，他们发起了疯，尤其是在看到那只松鸡之后。而我则朝着鸟巢走了过去。

柔软的草叶窠里，满满当当地躺着十四枚鸡蛋。那些蛋看上去是那么孤苦伶仃，于是我把蛋从窝里捡出来，用帽子把它们带走了。我可不会把它们留给过路的臭鼬。我并不清楚自己要拿这些蛋做什么。我的妻子是一位艺术家，我想没准她需要用这些蛋来画一幅静物画。但是，带着狗回到家里的时候，我看到老鹰正卧在她自己的一窝蛋上。在回来的路上，松鸡蛋就装在我的背包里，背包挂在大车杆子上，一路上一直上下颠簸着，可是那窝蛋居然全都完好无损。

我立刻将松鸡蛋全都塞在了老鹰的屁股底下，她起劲儿地啄着我的手，把我的手叨得鲜血淋淋。而我只是想看看这样做究竟会有什么样的结果。

后来妻子告诉我，当我把松鸡蛋放在老鹰身下的时候，我就给我们招来了整整一个夏天的恐怖生活。

松鸡蛋被孵出来了，同老鹰自己的十个鸡蛋一起被孵出来了。老鹰收养了所有的小松鸡。小松鸡——没有什么能比小松鸡更可爱了——同老鹰非常亲密，他们以为老鹰就是他们的妈妈。

在小鸡出壳的那几天里，老鹰带着整窝小鸡在院子里四处寻觅着虫子，或者是我们丢给他们的谷物。一旦发现一只蚱蜢，他们就一窝蜂地仿效着蚱蜢跳腾起来。

老鹰是一位对孩子呵护备至的母亲，无论是她自己的孩子还是小松鸡，全部都长得很快，也都非常健康。

就在这时，事情失控了。

小松鸡不知道他们应该像小鸡那样生活。矮脚鸡只能飞行很短的一段距离，因为相对于他们的翅膀来说，他们的身体已经被培育得过于笨重了。然而，小松鸡很快就发育起来了，长出了健硕的羽翅。没过多久，他们就能在院子上空飞行了。他们拍打着翅膀从一棵树上飞到另一棵树上，然后飞到屋顶上。

老鹰盯着他们，冲他们嚷嚷着。一开始，他们还会落下来，凑在她的翅膀底下寻求保护。当他们大到能一起托着老鹰飞离地面的时候，他们还是会这样。

可是，他们终于长到可以完全无视老鹰的时候了，老鹰被他们气得火冒三丈，无法自持。当老鹰吆五喝六地，呼唤着年轻的松鸡回到自己身边的时候，松鸡全都飞到了树上。怒火中烧的老鹰跺着脚四处溜达，身上的毛全都竖了起来。她把一肚子的火气全都撒在了人的身上。

我们的房子旁边码放着一堆柴火，堆得有屋顶那么高。因为我们要用木柴生火做饭，加热取暖，所以我们有好大一堆柴火。老鹰喜欢坐在柴火堆上，盯着院子和自己的小鸡，保护他们，无论他们溜达到多远的地方。

没有什么东西敢进入这个院子。

最初让我注意到这种状况的，是我们那只肥胖而年迈的雄猫拉塞尔，他傻乎乎地在院子里溜达，而且大错特错地趴在地上，无意中做出了一副尾随在一只小鸡身后的样子，以至于惊慌失措的小鸡痛苦地

轻声叫唤了一声。其实一切仅此而已。

当时我正好面朝柴堆站在车道上，我看到，老鹰就像一枚带着斑点的红色导弹一样坠落。她狠狠地啄着拉塞尔的后脑勺，拉塞尔的毛飞成了一片。片刻之后，她便骑在了拉塞尔的身上，就像是职业骑牛赛手那样，抓挠着拉塞尔身体的两侧，把拉塞尔赶出了院子。

这场攻击为老鹰打开了一扇门，她开始居高临下地卧在柴火堆上，对整个院子实行起铁腕政策了。她就像一只真正的老鹰——她还真是名副其实——一样盯着院子，对过于接近小鸡的任何人，任何东西都发出警告。小鸡渐渐地长大了，他们分散到了院子的各个角落。由于小鸡一共有二十多只，所以不接近其中的任何一只是根本不可能的。于是，院子就变成了战区。

想想看吧：

我妻子拿着洗好的衣服走到晾衣绳那里，跪在地上，这时老鹰叼住了她的后脑勺。老鹰扑腾到了右边，爪子里还扯着一条短裤。

我们最小的猎犬昆西试着悄悄溜过院子的时候，其实已经很安静了，他走到了车道旁的丁香花丛旁，那片区域相对来说还比较安全。可就当昆西正在滚来滚去地翻腾时，老鹰突然像一枚长着羽毛的炮弹一样，钉在了他的后脑勺上。

我的儿子身高1.85米，他拿着一大捧信从邮筒那里回来时，刚刚跨过电网，以前我们就靠那张电网将山羊拦在院子里，就在这时，他被袭击了，腿撞在了铁丝上，半空中飞满了信纸和信封。

为我们看家护院的弗雷德，具有一半的拉布拉多血统，体格非常肥硕。他趴在地上，毛发全都竖了起来，龇着一嘴的大牙看着老鹰；

老鹰的颈毛全都张开了，不停地用嘴朝下啄着。他们俩展开了一场激烈的肉搏战。最后还是老鹰获胜了。

一只狐狸被狗场里散发出来的肉香招惹了过来，结果又被小鸡吸引到了院子里。狐狸刚逮住一只小鸡，就被柴火堆上飞下来的老鹰痛打了一顿，我甚至看见小鸡从他嘴里被吐出来的时候，他的唾沫如何四散飞溅开来。

最后，我妻子进了屋，衬衣上糊满了她从菜园子里摘来的西红柿，露在自行车头盔——为了安全起见，出入院子的时候她都戴着头盔——外的头发一团糟，眼睛里喷着怒火。

“老鹰，”她一边说，一边抓起毛巾，清理着身上的污渍，“又袭击人了。”

那些松鸡全都长大了，其中的大多数都回到了野外。他们离去之后，老鹰的心情也逐渐平和了。

然而，只要老鹰还坐在柴火堆上，凡是经历过那段日子的人和动物，在穿过院子的时候，都还是一副蹑手蹑脚的样子。

6

神秘事件。

有时候，森林里会发生一些原本不该发生的事情，这些神秘的事件会令你感到毛骨悚然。那些无法解释的事情，那些与森林格格不入的事情。

秋日里的一个清晨，我坐在一堆枯枝旁，之前我们一直在采摘蘑菇，我将狗和小推车都拴在了远处。这时，枯枝堆下面的一截木头上，冒出了一只花栗鼠，他冲着我“咔咔”地叫了几声。花栗鼠非常温驯，用手给他们喂食是很稀松平常的事情。当时我正在吃小饼干，所以就朝前探转身子，把小饼干朝花栗鼠递了过去。按理说，这时花栗鼠应该朝我凑过来几厘米，然后退回去，再凑过来，再退回去，越来越接近我手上的小饼干。可是，就在这时，一只比花栗鼠大不了多少的红松鼠，突然从枯枝堆上蹦了下来，然后从那截木头上跑过来，向花栗鼠发起了攻击。

那一瞬间，我还以为红松鼠这样做是为了争抢小饼干，可是我猜错了。转瞬之间，她将花栗鼠彻底翻了过来，接着一把掐住了花栗鼠的喉咙，将他杀死了。随后，她把花栗鼠拖到了枯枝堆旁的阴凉里，然后就开始享用花栗鼠了。

一切都发生得太快了，太残酷了，我甚至都没来得及迈一下脚。这一切太不合情理了。红松鼠并不属于肉食性的动物，他们吃的是松塔里的东西，断然不会袭击并食用花栗鼠。向来如此。

我希望一切都没有发生。我希望可爱的小花栗鼠仍旧坐在木头上，来拿我手上的小饼干，我希望那只红松鼠就坐在一根树枝上，手里捧着一粒松子，翻过来倒过去地啃着那粒松子。

而不是坐在阴凉里撕扯着花栗鼠的内脏。

这种景象我只见到过一次。令人震惊的赤裸裸的暴力，毫无缘由，难以捉摸。就是一瞬间的事情，骤然发生，又骤然停止。然而我会一直看得见那只松鼠，她透过自己的猎物盯着我，她的鼻子、前凿齿，还有嘴巴上都淌着鲜血。

有人说如果我们知道一切的话，那么我们就能理解一切。可是，在秋日里一个漆黑的夜晚，我认识到人们说错了。

那天上午我们一直在赶路，大家都已经很疲惫了。队伍里有几只小狗，还跑不了太长的路。到了下午，他们看上去都很想休息一

下了，于是我们便停了下来，搭建起一个舒适宁静的营地，睡了四个钟头。

还没有到降雪的时候，所以我们一直赶着一辆三轮车，这就意味着，我们只能走在林间运输木材的道路上，或者一些开阔地带。为了不让小狗们感到无聊，我必须寻找一些没有跑过的地方，而这条林间小路正是我们没有跑过的。这条路很难走，满地的车辙和泥泞，再加上我的三轮车也是一塌糊涂，所以醒来后我花了些工夫，把车修理了一下，剔掉了板结在车轮上的泥巴。之后，将近夜里一点钟的时候，我们才又重新上路。这时唯一的问题只在于当我刚把狗——这次我赶着八条狗——挂在中央链绳上，让他们排好队的时候，我的头灯熄灭了。我换了灯泡，又用一节新电池试了试，可是都不管用，是内部的连线坏了。我打算继续睡一会儿，直到天亮。不过，这个念头只是稍纵即逝，狗将绳索弄得噼啪作响，嚎叫着，想要奔跑起来，于是我耸了耸肩，跳上车，解开拴车的绳子，心想，没有头灯赶路在我所有的经历中，绝对不会是最糟糕的。

我们立即冲入了夜色之中，这一路非常疯狂。在没有头灯的情况下，我根本无法判断出车什么时候会轧过老车辙，什么时候会蹚过泥塘。这天夜里云层很厚，所以还比较暖和，差不多有十五度左右，而且头一天晚上还下过雨。没有月亮，就连星星也看不见，只有等到自己被溅了一身——主要是脸上——泥浆的时候才能知道泥塘在哪里。就这样，没过多久我就成了落汤鸡。与此同时，我看不到的树枝也在我们经过时，不断地拍打着我，几乎快要把我从车后面掀下去了。在一个小时的路途中，对于车究竟是上是下，是左是右，我毫无概念。

这时，狗突然停下了脚步。

并不是因为他们感到了疲惫，从他们冲破夜色的那股劲头就可以看出，他们一点儿都不累。可是，他们的确纹丝不动地站定了。

那一刻，我的脸刚好被一根树枝挡住了，什么都看不到。我只知道他们突然停住了，于是我只能狠狠地踩住刹车，以免自己从他们头上飞过去。我花了好几秒钟才擦清楚眼睛，然后我就看到了一片亮光。

在最初的几秒钟里，我还以为是另外一个人朝我们走了过来。那是一种诡异的黄绿色的光芒，就在前方，路的尽头，明亮的光照亮了一大片漆黑的夜色。看起来那片光在不停地挪动着。此时，我正处在森林深处，根本想不出还会有什么人在这里。没有任何人跟我在同一个地方训练狗队，但是看到光还是令我感到开心。

一开始是这样的。

随即我便意识到那片光有些奇怪。它有些暗淡，越来越暗，由于辐射面积过大，所以看起来不太可能是常规的光源。而且，它靠近地面，范围宽广。

直到这时我还是没有感到恐惧，如果不是因为狗突然唱起了歌，我大概仍然不会感到恐惧。

之前我讲到过狗的歌。歌唱落雨的歌，第一场降雪的歌，肉的歌，“回到我们身边来”的歌，甚至还有狗崽训练的歌，但这首歌我却只听到过一次，那还是狗场里的一只老狗死去时听到的。这是一首死亡之歌。

我感到了恐惧。

他们全都坐在了地上。借着那片光我可以清楚地看到他们，那片柔和的光芒，绿莹莹的光芒。尽管非常不情愿，但情不自禁地，我还是回想起了一生之中，所有令我感到恐怖的东西。

他们一遍又一遍地唱着这首歌。奇怪的光芒中飘荡着一首冰冷的歌。这时我什么也做不了，只能站在三轮车尾部，怀着一种古老而尘封的恐惧，盯着那片光芒。

但是，好奇心比恐惧更为强烈。尽管我并不想动，但我的脚还是迈了出去，我的躯干也随着我的腿，在黑暗中顺着队伍，轮番抓着每一只狗，往那片光的方向走去，就好像狗是我的安乐毯①一样。就这样，我走到了队伍的最前面，再往前就没有任何东西让我抓了。

光比刚才亮了一些，似乎在有节奏地闪烁着，来来回回地照耀着四周，但我仍旧看不到光源。我又朝前迈了一步，接着又是一步，想绕过那片光芒去看看。与此同时，我强烈地感觉到狗是那么遥远，而我是那么孤单。

我继续朝前走了两步，接着又是一步，然后探出身子去看光芒的背后。终于，我看到了它，看到它让情形变得更加糟糕了。

它只是一团东西，不是人。一团庞大的东西耸立在那里，在黑暗中闪烁着光芒。光是从那团东西体内散发出来的，冰冷的绿光，光的周围还镶着一圈黄色的光晕，那团东西在光的作用下，向四周蔓延开来。我看着它，光亮让它改变着形状，不断地生长着。

我感到自己的心已经蹦到了嗓子眼里。

我迈不动脚了。只是一动不动地盯着它。我迈不动脚，倘若不是

①安乐毯，给小孩抓摸，使他们感觉舒适安全的小绒毯。

我的狗跟了上来，悄无声息地把车拖到了我的身旁，我恐怕就再也动不了了。他们围绕在我的腿边，凝视着前方，我低下头看了看他们，勉强笑了起来。

狗也都被那片绿色的光芒给吸引住了，全都蜷缩在我的腿边，盯着那个矗立在前方的东西。他们支棱着耳朵，头偏到一侧，他们是在仔细地琢磨着那个东西。我又向前迈了一小步，他们也都跟了上来，接着又是一小步，他们始终跟在我的身边，最后我们终于挪到了那个东西的右侧。

是一截树桩。

一截有2米高，已经腐朽的老树桩，树皮已经剥落了，在黑暗中散发出明亮的绿光。不可能。我站在那儿，狗围在我的腿边，闻着老树桩，不时还用鼻头去碰一碰它。后来我才知道它之所以能够发光，是因为它从土壤里吸收了大量的磷，磷在白天吸收日光，到了晚上就可以彻夜发光了。

不过这都是后来的事情了，那天夜里我对此还一无所知。我摸了摸树桩，感觉着那片冰冷的光芒。直到那只名叫方兹的黑白花狗走过来，嗅了嗅树桩，喷了喷鼻子，然后靠着树桩撒了泡尿，萦绕在我心头的恐惧才终于消散了。

刚下过雪之后的世界毫无秘密可言，没有什么事物是神秘莫测的，每一样东西都留下了自己的踪迹。这时候，你可以看出，猫头鹰是在哪里逮到了试图穿过雪地的老鼠，落在老鼠身上的时候，猫头鹰的羽翅拍打在粉末状的雪层上，在雪地上留下了清晰的花纹。

你还可以看到貂在捕食老鼠时留下来的踪迹，看上去错综复杂，纹路就像是项链。那串足迹一直通往雪层下面的老鼠王国里，老鼠会在大雪覆盖的湿地草丛中过冬。在洞口又会出现一大堆脚印，还有猎物的痕迹。接着又是一串向下的足迹，貂又去捕食了。

踪迹永远都不会消失，它们永远在吐露着真相。

但是，有一次，我来到了一片大约12米宽的林间空地，一只狐狸曾经在空地正中央吃掉了一只松鸡。冬季，在寒冷的夜晚或者白日里，松鸡总是会在雪地里刨出一个个小小的洞穴，以免自己被冻死。而一旦在这样的洞穴里被逮到的话，他们就必死无疑了。当他们陡然飞落下来的时候，很容易看到他们在雪地里的洞穴。但是他们很少会放松警惕，只要一听到雪地里有异常的声响，一大群白花花的松鸡就会一窝蜂地飞走。

可是，有一只狐狸却在洞里逮住了一只松鸡，把它吃掉了。松鸡的羽毛还留在那里。杀戮的迹象也仍旧留在那里。

然而，却没有足迹通往空地中央，松鸡的洞穴周围也看不到狐狸的脚印。什么都没有。来去都无影无踪。

我将狗拴在一棵树上，从雪橇上取出雪地鞋，花了大半个钟头，在刚落了雪的地面上四处溜达着，试图搞清楚这件事的来龙去脉。周围也找不到任何狐狸留下的踪迹。我不断地扩大着搜索范围，可是仍旧没有找到狐狸的踪迹，根本没有迹象显示出曾经有一只狐狸来过这里，又去了别处。看得越多，找到的东西就越少。可能这里从来就没有来过一只狐狸，完全不可能。然而，的确有一只狐狸来过这里。

只是不知道他用了什么样的方法。

一只狐狸。一只松鸡。就在这片林间空地的正中央，不在别处。一场利索的死亡，一地的鸟毛。除此以外，就什么都没有了。

一入春，雪松太平鸟就来了。这种鸟体格娇小，长得很像北美红雀，身体的颜色以灰色为主。你可能会以为经过千万年——或许是百万年——的迁徙生活，他们赶往北方的时间会非常精准。但事实上，他们总是来得太早，他们到来时，冰雪都还没有消融，根本找不到像样的食物。

看到他们一小群一小群地飞来时，我们会把油脂放在外面，供他们食用。他们会攻击狗窝，把肉偷走，不过他们还是更喜欢浆果和种子。

据我奶奶说，高丛红莓吃起来有一股旧袜子的味道。或许这种红莓并没有那么难吃，但是它在煮熟后的确很难闻，而且用这种莓子做成的果酱，必须添加大量的白糖后才能食用。或许正是因为这种特殊的味道，在初秋果实成熟的时候，很少有动物会吃这种莓子。

整整一个冬天，它们冻结在枝头上，美丽的颜色，诱人的模样——在白雪的映衬下，它们看上去简直妙不可言。冬天慢慢过去了，松鸡开始吃起了红莓，他们可不在乎红莓的味道。

到了春天，红莓仍旧挂在枝头，依然冻结着。在春日里的一个午后，我碰巧坐在一丛红莓旁边，这时一群雪松太平鸟飞了过来。就是这一次，我又看到了另外一桩难以忘怀的神秘事件。

尽管由于老鹰的存在，我对禽类的看法已经产生了很大的改变，但我始终认为禽类没有多少智商。我觉得他们绝对不会产生彼此间的依赖，也不会太在意其他的同伴。

然而，这群雪松太平鸟并没有杂乱无章地落在树上，他们秩序井然地在树枝上一字排开，每一排卧着八到十只。每一排最靠近红莓的鸟，都会小心翼翼地啄下一粒红莓，然后用嘴巴将那粒红莓传递给身旁的同伴。而接过红莓的鸟，会继续将那粒红莓传递给下一位同伴，下一位接过红莓后再继续传递给下一位，直到排在末尾的那只鸟接到了这粒红莓为止。

接着，打头的那只鸟又啄下一粒红莓，然后将红莓递了出去。就这样，一排里的每一只鸟都叼着一粒红莓。当所有的鸟都有了红莓时，他们便面朝前方吃了起来。他们把果肉吃得一干二净，最后还把果核吐了出来。

之后他们就又开始新一轮的采摘了。我妻子说，那是因为他们都很厌恶高丛红莓的味道，之所以不停地传给同伴，是指望着自己能得到甜一些的那一粒。当然喽，没有哪粒红梅会比其他的甜一些，它们全都很酸。

不过，这也只是我妻子的猜想而已。直到现在，我还是不明白雪松太平鸟为什么会这么做。

我始终不太相信那只雌鹿的存在，即便是在我盯着她的时候……

那是在一次夜间赶路的时候，那个夜晚非常寒冷，不过也还没有达到严寒的程度，夜里的气温徘徊在零下二十到三十度之间。当时我正回想着夏天，因为我的脚冷透了。我的脚趾以前被冻伤过，所以很容易受冷。想着夏天，牙买加，或者是红炉子的炉膛，对我多少有些

安慰作用。

当时，我尤其想到了夏季里碰到的两次意外，那两次意外都和鹿有关。其中一件事美好得难以言表，另外一桩则痛苦得令人感到遗憾。

那两次我刚好都是在坐着独木舟钓鱼，关于独木舟我需要唠叨几句。独木舟不会引起恐慌。你可以轻轻地划着桨，凑到野生动物跟前去，他们则只是站在原地，望着你。赶着狗队外出时，也常常会碰到这样的情景。这大概是因为独木舟非常安静，不过独木舟还具有一个非常优雅的特质——狗队，或者帆船（鲸鱼都愿意靠近这种船）也都是如此——它步调柔和，似乎远比咆哮的摩托艇，或者雪地机动车更适合大自然（或许正是出于这种考虑，不少州都禁止乘坐独木舟狩猎——有人认为这种规定有失公正，对于雪橇犬也应该制定出同样的法规）。

有一年的初夏，几位朋友从城里来探望我们。我带着其中一个人和他四岁的儿子，坐上独木舟，去了莓鲈聚集的地方。在这样的清晨，靠近河岸边的莓鲈是最棒的。我们只是把船停靠在睡莲的叶子旁，把鱼钩抛到深水里，然后就逮到了七八尾个头肥大的家伙。独木舟漂在水面上，那一带的河水很浅，不足半米，那个人和我忙着钓鱼，他的儿子还不懂得怎样抛钩，不过小家伙很开心地把诱饵悬在浅水处，看着成群的小翻车鱼朝着诱饵游了过来，然后一小口一小口地咬噬着诱饵。

河水平静得仿佛是天空倒铺在了水面上，周围一片沉寂，只有一只潜鸟在入水前，发出几声嘹亮的哀号和尖叫，他的叫声听上去那么悦耳，却又那么哀伤。我正要把诱饵放入小船附近的河水中，就听到了小男孩轻轻的笑声。我转过头，看到他正伸手去摸一只小鹿。

那只小鹿还是一个新生儿，生下来只有两到三周的时间，身上斑斑点点的保护色，让她看起来通体透红。小鹿缓缓地走进了水中，每次只迈出一步，每一步都迈得非常谨慎。她探出鼻子，碰了碰小男孩伸给她的手指，就好像他俩相识已久似的。一个年轻人同另外一个年轻人的相逢，这一幕是那么从容，我甚至都不敢喘气，唯恐破坏了这一刻的神圣。我抬起头，冲小男孩的父亲飞快地使了个眼色，不过他也已经看到了这一幕，他的眼睛里闪烁着光芒。这一刻停留在一片寂静中，这让人难以置信的一刻，看起来就好像是魔法使然，要不就是预先排演好的。

当他们俩碰触过彼此之后，小鹿便转过身，慢悠悠地朝着榛树下的灌木丛走了回去，我看到她的母亲就在那里。母鹿已经急得手足无措了，竭力让自己的宝宝回到自己的身边去。小鹿回去了。

我们就那样沉默了好长时间，就连小男孩也都一声不吭。

终于，我咳了一声。“这就是北部的迪斯尼乐园，”我说，“小鹿坐着小火车出来了，你摸了摸她，然后她就回去了……”

然而，这个时候并不适合开玩笑，我讲的笑话显然非常失败。我们又坐了一会儿，望着榛树下的灌木丛。那只小鹿和她的妈妈已经不见了。在那不短的一段时间里，我的心中生出一股强烈的感激之情。感谢这一切还在继续，感谢自己能有幸目睹到这样的情景。

第二次是我泛舟在一条平静而迂回的河流上，那条河就像一条无精打采的蛇一样，从森林里蜿蜒而过。渔具在独木舟上已经放了一个

星期了，我一直试图抓到一条北美狗鱼，这样我就不会再操心这件事了（我不明白自己为什么要这么做。尽管我已经抛出过几千次鱼钩，可还是从没有捕到过一条北美狗鱼，所以其实我是可以罢手的，而且在很大程度上已经不再尝试捕捉这种鱼了，所以我是能够放下这件事的。这几乎就像是曾经存在于幻想中的一场搜寻，而今，随着我年龄的增长，这种搜寻已经渐渐暗淡，我捕到的北美狗鱼——其实一条都没有——越来越小，与此同时，我没能捕到的北美狗鱼则越长越大了）。

这一天极其炎热，八月下旬的太阳似乎能把河水煮沸，鹿虻和马蝇的规模令人难以置信。我从来没有遇到过这么糟糕的状况——对蚊蝇来说应该也算是达到顶点了。他们在独木舟的四周黑压压地裹了一层，有时候我甚至都无法看到河岸。他们凶猛地叮咬着我，伤口散发出的血腥气又招来更多的苍蝇。他们啜饮着驱虫剂，就好像那是果汁似的。他们一而再，再而三地舔着我身上的驱虫剂。我在独木舟的中间放了一只锡铁罐，在罐子里点了一堆火，试图在我划船的时候让罐子里冒出浓烟来。这一招对蚊子非常有效，可是这些苍蝇却丝毫不受影响。他们一个劲儿地吃着，没过多大一会儿，我暴露在空气中的胳膊、脸，还有两只手就变得鲜血淋淋了。

无意中我发现了一个办法，可以在一定程度上缓解这个问题。独木舟滑进了一片阴凉地，小船上方悬垂下几根雪松的枝条。好像是有意为之似的，一些苍蝇飞走了，重新回到艳阳下，在空中飞舞着，等待着我也重新回到艳阳下。

就这样，我划着小船顺流而下，一路上尽量贴在阴凉里。当小船漂到一株倾斜的雪松下面的时候，我的右侧突然响起一声爆裂声。几乎还没等我扭过头去，一只雌鹿忽然从河岸上浓密的灌木丛中蹦了出来，在空中划过一道惊人的弧线。她飞得越来越高，一直从我的头顶上飞了过去，然后一头扎进了靠近岸边的浅水里。

就是在这么短促的一瞬间，我还是看到了苍蝇。苍蝇多得令人震惊，一大群密密麻麻地聚集在那只雌鹿的脑袋上，当她在空中划过的时候，那群苍蝇被甩在了后面，看上去就像是彗星的尾巴一样。苍蝇蜂拥着钻进她的耳朵里，眼睛里。苍蝇让她发了疯，丧失了心智，还失明了一小会儿。

雌鹿不知道我的存在。她落水的地方距离我很近，我都被溅起来的水淋透了，但是一路狂奔着冲出河岸的时候，她什么都看不到，她一心只想要跳进水里，躲开那些令人疯狂的苍蝇。

她把脑袋扎进河水中，打着旋，来回甩了甩脑袋，一举一动都非常猛烈，然后她抬起了头。她猛地从水里钻了出来，视线一下子碰到了我的目光，而我距离她只有1米多远。

一切都陷入一片死寂之中——呼吸、心跳，其他的一切，就连苍蝇似乎也不再飞舞了。

我从未同时看到那样的怒气与轻蔑。苍蝇已经让她失控了，当她看到我的时候，她的眼睛惊讶地绷大了，随即，那双眼睛似乎又在冷酷的怒火中眯缝了起来。她毫不在乎我是人——敌人，她也毫不在乎我近在咫尺，距离她只有一臂之遥。在那一刻，除了苍蝇，她什么都不在乎。她的眼睛，她的举止，那一刻她身上的一切似乎都在说："要是惹我，你就必死无疑了。"

毫不掩饰的，烦躁的，沮丧的，冲天的怒火。

我纹丝不动，在那极其短暂的瞬间，她终于意识到我是什么了，她在河水中溅起一股水花和淤泥，然后就消失了。

现在，在这个寒冷的夜里，我回想着她。我想起划船的时候，炎炎的烈日炙烤着我的脊背。不知道为什么，就连那些苍蝇似乎也来自温暖本身。我沉思着，完完全全地沉浸在那幅画面中，都没有注意到狗渐渐放慢了速度，直到我的肚子狠狠地撞在雪橇把手上，才意识到狗已经停下了脚步。

“跑！”我说道，通常我总是冲他们这样大喝一声，让他们跑起来，可是这一次他们全都一动不动。领头犬不安地悲鸣起来，两只位于最后一排的后轮犬——在雪橇前方直接拉动雪橇的狗——转过身，试图爬上雪橇。看到他们三个的反应，另外几只狗也都咆哮了起来，我感到紧张的情绪从狗队中冒出来，钻进了我的心里。

他们以前也出现过这种反应，一般都是在黑夜里碰到麋鹿的时候。我们遭受过几次麋鹿的攻击，我可不希望再碰到这种事情了。麋鹿体型硕大，基本上都是些疯狂的家伙，他们对狗、雪橇、雪橇车手、树、火车、汽车，几乎一切我能想到的东西，都怀着一种近乎病态的敌意。当他们扑过来的时候，你会感觉到，自己就像是被别克轿车碾压了一遍似的。

我真希望自己此刻正身处别处。

狗的情绪越发紧张了，我知道自己得设法应对这一切。我固定好雪钩，顺着一条条的狗朝前走去。我朝四周晃了晃头灯，想要看一看，正处在一个小拐弯处的领头犬，究竟出了什么状况。

他站在路中间，毛发全都竖了起来，露出两片光秃秃的嘴唇，喉咙里发出低沉的咆哮声。

在他前面，有点儿靠近道边的地方站着一只雌鹿。

雌鹿纹丝不动，目光越过领头犬，凝视着正前方。

一切都难以理解。首先，在同狗距离如此之近——不到2米——的情况下，鹿不该站得如此镇定。其次，狗通常是不会迟疑的。他本该已经扑到那只鹿的身上，或者至少试着去追她，这样其他的狗也都会跟着他一起上。在长途奔跑中，当一只鹿突然蹦到了狗队前方，像离弦的箭一样，沿着小路朝前冲去的时候，狗就会以最快的速度跑起来。他们几乎是在飞行，拼尽全力想要逮到猎物。

可是，此刻他们却啜泣着，畏缩不前，被一只雌鹿吓得惊慌失措。

鹿站得纹丝不动。

她令我也感到越来越畏惧了。

她站在那里，目光越过所有的狗，静静地盯着我，仿佛狗全都不存在似的。我把挡在路中间的狗推到一旁，缓缓地朝着前方走了过去，越来越靠近那只鹿了。

她与领头犬之间的距离不足1米。那条狗还在哀号。

她仍旧纹丝不动。

终于，我走到了她的身前，近得足以摸到她。头灯的灯光打在了她的眼睛上。那双眼睛看起来很迷蒙，带着死亡的气息。我看得出她已经死了。她在夜风中牢牢地站在小路旁，守护着冬日的夜晚。

她已经被冻得结结实实的，牢牢地站在地上，完全就像是还活着

一般。她一动也不动，直挺挺地站在那里。原本不该出现这样的情景的，然而这一幕还是出现了。我试图为这种情况找到合理的解释。心脏突然衰竭、怪异的瘫痪现象……我绞尽脑汁地思考着所有的可能性，可最终还是无法找到一个有说服力的解释。我们不能继续逗留了。

我不能再继续朝那头雌鹿凑过去了。等我将领头犬拖到前面，让他在小路上站好位置，然后从地上拔出雪钩之后，狗队便从那只死鹿身边疾驰过去，经过时他们连头都没有抬一下。他们全都盯着路面，没有嚎叫，也没有猛然冲过去，试图抓住她，他们能有多快就有多快地跑走了。

他们离开了那个地方。

7

自打用狗拉雪橇以来，我们已经拥有过，同时也属于过很多狗了。最初我们的狗都是从别人那里借来的，因为我们自己没有养狗。他们来了，又走了，为我们跑上一阵子，然后又归别人所有了。跟我们在一起的日子里，他们备受我们的宠爱，而等他们离去后，又被我们思念着，无论出于何种理由。实际上，就在写这本书的时候，我们还养着四十一只狗，此外还有充满“快乐疯狂”的幼崽场。每一只狗都能教会我们一些东西。

有一只狗名叫弗雷德，他跟我们生活在一起已经有九年了。刚来到我们家的时候，他让几条雪橇犬怀了孕，所以我们给他做了阉割手术。弗雷德很胖，总是在狗场里随心所欲地四处溜达，一边走，一边

顺便偷点吃的。结果，在手术和饮食失控的双重夹击下，弗雷德长成了一个惊人的大胖子。对于他的身高来说，适宜的体重应该在二十公斤左右，这都已经略微有些重了。

可弗雷德的体重达到了七十公斤，由于身体过于沉重，他的腿经常会被自己的躯干压在地上。于是我们开始控制他的饮食了，就这样我窥见到，也开始明白狗的脾气了。

对弗雷德进行限制并不是一件容易的事情，他比我们都要聪明。我们刚一开始执行极端的减肥法时，弗雷德就开启了他的储备粮仓——过去几年埋在院子和狗场里的食物。我们抢走了他的食物，并且把其他雪橇犬埋藏的食物也都拿走了，然而弗雷德却开始从雪橇犬那里偷口粮了。不仅如此，他还在谷仓里藏了不少食物，等我们把那些食物也都拿走之后，他又开始从菜地里偷西红柿和土豆了。到最后，我们给菜地围上了篱笆，用狗绳拽着他，逼他每天走上3公里。就这样，他的体重终于开始有所减轻了。

与此同时，他的脾气也大了很多。弗雷德的脑子一向很好使，可现在我们叫他的时候，他却不会再过来了。他放弃了看门狗的正常职责，以前只要有人开车过来，他就总是叫个不停。现在呢，他只知道坐在院子里，直勾勾地盯着我们的房子。

接下来他咬了我。

以前，尽管在某些问题上有些执拗，但他从来没有咬过人。有一场难忘的意外足以说明他的固执，那场意外的发生与电网有关。刚竖起铁网篱笆的时候，篱笆只有弗雷德的尾巴那么高，平日里他的尾巴总是向上翘着。篱笆竖起来以后没过多久，有一天他撞在了篱笆上，并且在冲击力的作用下翻倒在地上。刹那间，弗雷德暴怒起来，随着一声强劲有力的咆哮，他对篱笆发起了攻击，开始撕咬起铁丝来。结果，他的脚立即就被弹了回来。在我还没有来得及制止住他的时候，他又咬住了铁丝网，结果他又被撞倒在地上。在做了第三次努力之后，他退缩了，开始仔细琢磨起来。我本以为他会就此罢休，可是他又坐起身来，开始不停地往铁丝网上撞去，铁丝网也再一次捶打起他来。他的这股劲头持续了一整天，到最后，他终于把铁丝网给弄烂了。

他终于站定了，折腾了一整天之后，他已经气喘吁吁了。然后他便走掉了，一路上还不停地咆哮着（事实上，每当经过篱笆的时候，他还总是要冲着铁丝网咆哮几下）。他很执着，但并不凶残。

尽管如此，他还是把我也给咬了。

他认真地打量着我们的房子，终于想明白了，他所有痛苦的根源都在于我，于是他等待着机会。等我走过院子里的时候，他就像个外科医生一样，娴熟地将我的膝盖掀了起来。

结果我一下就跪在了地上，手掌也撑在地上，而他则走到几米远的地方，坐在那里盯着我，轻轻地喘着粗气。

我领会到弗雷德的意思了。我们又开始给他喂食，量很小，他依旧得忍饥挨饿，不过至少还是有了些口粮。弗雷德又重新恢复了以前的开朗。有好几个月，从他身旁走过的时候，我都是步履蹒跚，小心翼翼的。他再也没有冲我扑过来，但是我已经知道要留意那些征兆了，那些表明狗感到恼怒和将要发火的征兆。

当然，不同的狗有不同的脾气。有些狗天生就比其他狗暴躁一

些，可是有一次我惹恼了所有的狗。

结果，我们狂奔了一路。

事情是这样的，一开始一切都风平浪静。我的领队犬是一只性情温和的狗，名叫小饼干。全队总共有六只狗，性格全都非常讨人喜欢。我们这趟出行是去检查排钩线的。我查看了几处装置，由于天气的原因，它们都已经有些失灵了。将近傍晚的时候，刮起了一场强风暴，飞舞的雪花害得我们没法看到前方。

狗始终都清楚方向，但这时候我还没有学会信任他们，还没有学着去理解，在雪橇行进中，领队犬比人的知识要丰富。由于担心自己会在风暴中迷路，对他们的所有判断我都保持着怀疑的态度。要是小饼干想往左，我就希望向右；要是她想往右，我又希望向左，或者照直朝前跑。

每当她固执己见，无视我的命令，我就会因为她跟我作对而对她大声斥责一番。可是，到最后我总是会意识到她是正确的。

即便如此，我还是不懂得信任他们，还是在继续质疑着他们的判断，因此总是让整个队伍陷入混乱之中。终于，他们对我的愚蠢感到厌烦了。当我在厚厚的积雪中手忙脚乱地走到前面，让他们停下来的时候，他们根本不搭理我，而且竭力地将我的手甩开。他们努力地保持着一定程度的礼貌，不过他们也让我明白了我就是一个蠢蛋，可我还是非常执拗。

终于，我做过头了。

我们沿着一段长长的山脊往前跑，越跑越高。寒风撕扯着我们，我将脑袋埋在风雪衣的帽子里，就连近在眼前的狗都看不到了。

可是我坚信自己知道脚下的山脊，知道我们究竟身处何方，我觉得自己以前跑过这条路。

大错特错。

狗队越跑越慢，到最后终于走了起来，在半山腰上吃力地爬着，就这样走了大约4百米后，他们停下了脚步。我大呼小叫地命令他们往右拐（“嘿”是“向右”的意思，“嗬”是“向左”的意思）。我知道我们这会儿究竟在哪里——我非常肯定，可是小饼干却试图带着他们朝左拐，想沿着一条狭长的斜坡下山去。

他们的“叛乱”令我火冒三丈，我骂骂咧咧地冲着他们咆哮了一阵，然后跺着脚走上前去，一把抓住小饼干脖颈上的绳套，半拖半扔地将她拽到了右边的路上。

在我将她甩过去之后，小饼干消失在了来势汹汹的暴风雪中，怒气冲冲地顺着那条路跑了起来。狗队跟上了她的脚步，雪橇滑过身旁时我也又跳上了雪橇。

暂时一切顺利。我踩在刹车上，抓着雪橇尾部，和狗一起向山下滑去。

突然，一切都崩溃了。随着一次猛烈的颠簸，我感到雪橇飞到了一片空荡荡的地方，然后又落在了我的身下。我几乎还没有来得及下落就蜷成了一团，接着就撞在了一个几乎垂直的斜面上，然后滚落到地上。

我噼里啪啦地上下翻滚了似乎好几个钟头，根本停不下来。我听见狗全都落到了我的下面，雪橇也在翻滚着，所有的装备和干粮都被抛了出来，狠狠地砸在了我周围的地上。

一时间我根本没法搞清楚状况，我和狗还有各种破烂根本分不出你我来了。有一只狗名叫“莱德”，他的鼻子径直塞进了我的嘴里，另外一只插在了我的腋窝下，雪橇则压在我的身上。当时要是你问我叫什么的话，我肯定没法告诉你。

小饼干故意把队伍带到了这里——一段陡直的下坡路上，她自己是断然不会做出这种事情的，可是在我的逼迫下，再加上我一直牢牢地把持着领导权，一路上又在大呼小叫，终于让她觉得是时候该给我一个教训了。

要是我想干蠢事的话，要是我执意干蠢事的话，要是我根本无法抗拒干蠢事的诱惑的话，她认为我就应该蠢一次，她是不会干预的。

真是一个惨痛的教训。

然而，一切还没有结束。我站起身，抖掉衣服上的雪——其实耳朵里都塞满了雪，然后将雪橇扶正了。此后我花了十五分钟的时间，将所有的装备都找了回来，重新装上雪橇，而狗自始至终都一声不吭地看着我。

装好雪橇之后，我又去整理狗队。他们乱得不像样子，全都缠在了一起，中央链绳上打满了结。

狗变得……很奇怪。我忙着分开他们的时候，感觉到我几乎就像是不存在似的，好像忙前忙后的只是一个机器人。他们很友好，可是根本不看我一眼。我解着链绳上的结，他们则死死地盯着前方。他们几乎无视我的存在——虽然还不至于到彻底无视的程度。就连总是喜欢跟我对着干的那几只狗，也都克制着自己。

太古怪了，就连从溪谷上呼啸而过的风都安静了下来。但是，片刻之后，我便将这些全都忘得一干二净，重新回到了雪橇上。

我拉起雪钩，然后踩在了滑橇上。

接着，所有的狗都躺倒了。

他们几乎在同一瞬间躺了下去，就好像小饼干默默地给他们下了命令。每一只狗都刨了刨地，给自己刨出一个睡觉的地方，然后就躺在雪窝里，开始睡起了觉。我使出浑身解数，想让他们继续上路——喂他们吃的，摇他们的耳朵，可是他们根本不理睬我。我甚至压根儿就不存在。

他们一睡就是十八个小时。

我把排钩线查看了一遍。

在暴风雪中，我逼迫着他们，冲他们大喊大叫，吆喝着让他们上路，在此期间错过了一个又一个的机会——他们接受我的机会，带我赶路的机会，为我拉雪橇的机会，而且他们在溪谷里的时候，已经告诉过我这些了。在那个荒凉的溪谷里，他们跟我说了那么多，好让我明白他们是一个整体，他们全都是队伍中的一分子，倘若我无视他们的存在，或者对他们有失公正的话，那我就会知道这样做的后果。

终于，我抽出自己的睡袋，凑凑合合地搭建起一块营地，之后又热了一点儿茶。我打了一会儿盹，喝了点儿茶，心想自己太愚蠢了。

后来，等他们觉得我已经得到了足够的惩罚——都已经到了第二天，当时我还缩在睡袋里，小饼干站起身，抖掉了身上的雪。其他的狗也都一样，抖掉身上的雪，观察了一下雪地的状况。我爬出睡袋，给他们喂了食，收拾好东西，站在雪橇上，然后他们就拉着我上路了，就像一列逃亡列车一样离开了溪谷。他们拉着我冲进阳光里，一

路上欢蹦乱跳地往家里赶去，开心地跟我分享着他们的喜悦。

除非，我又犯起蠢来。

你总是能够从狗的身上学到些东西。实际上，跟他们相处的时间越长，我就越意识到自己是多么无知。不过，其中有一只狗教会我的最多。只有那么一只。

风暴。

我的第一只狗。

我前面已经提到过他，那一次，他让我懂得他拉雪橇的决心和意志，但是他的故事远远不止于此。事实上，他的故事多得足以用一整部书来记录了。

欢乐、忠诚、坚强、平和——这些全都是风暴的组成部分。我从他身上得到了一次又一次生命的教训，到最后，关于死亡，他又给我上了一课。

风暴长了一对熊的耳朵，他毛色斑斓，体格就像卡车一样。我们得到他的时候，他就长着一对圆滚滚的耳朵，看起来就像是小熊崽的耳朵。小时候，那对耳朵耷拉在他的脑袋上，等他长大以后，它们还是匪夷所思地耷拉着，这让风暴看起来多了一分滑稽的模样。他自己本身就拥有一种跟耳朵相称的幽默感，上了年纪之后，他长得竟然多少有些像乔治•伯恩斯[①]了。

巅峰状态下的他是一只强大的狗，拉起雪橇来就像是一架机器。

①乔治·伯恩斯（1896年1月20日—1996年3月9日）：美国喜剧演员及作家，为数不多的横跨综艺界、电影、广播、电视表演的演员。

后来我们让他退休了，只用他来训练幼犬。在安享晚年之前的岁月里，他一直在拉雪橇，使劲儿的时候他的后背拱得让雪橇所向披靡。

工作到第四或者第五个年头的时候，他开始耍花招了——跟拉车时位于他两侧的同伴搞起了恶作剧。在长途奔跑中，他越来越无聊，在我们最意想不到的时候，他会越过中央链绳，冲着身旁那只狗的耳朵喷一下鼻子。我曾经给他安排过很多队友，他对所有同伴都干过这种事情。当同伴一下子从地上蹦起来，摇晃着脑袋的时候，他就“咯咯咯”地笑出了声。但是我从来没有看到过任何一只狗冲他发火。噢，有一只狗——方兹——还差点儿把自己的脑袋都晃掉了，可是他对风暴的怒气也还是很有限，并没有超出我们的想象。有一次，就是因为他还在梦乡的时候突然叫醒了他，方兹的爪子一下就扎进了我的手腕。当时，我没有轻声呼唤他的名字，就去伸手摸他了。

无伤大雅的玩笑。风暴开的也就是一些温和适度的玩笑。他会把东西藏起来，让我无法找到，一开始，我根本想不出来东西都去了哪里。我放下一只靴子来训练一只狗，结果靴子不见了。我给所有的狗喂水，结果长柄勺子不见了。给狗清理脚掌时，我脱下来的布面手套内胆不见了，接着一卷胶带也不见了，最后是一顶帽子。

他太机灵了。

丢帽子的那天特别热，我忙着给一只狗更换挽具时，把帽子摘了下来。那只狗就站在风暴的前面，在拉车的过程中，他差点儿把嚼子给咬穿了。我跪在地上忙活着，顺手把帽子放在了风暴身旁的雪地上。

或许只是我以为自己放在那儿了。给那条狗换好嚼子后，我再转

过身，就发现帽子已经不见了。我环顾四周，把狗都拨拉了一番，看了看他们的身子下面，然后无奈地耸了耸肩。一开始，我确定自己是把帽子放在了地上，而一番搜索而无果之后，我就动摇了，到最后，我甚至觉得或许是自己把帽子落在了家里，要不就是赶路时丢在了别的什么地方。

风暴一声不吭地坐在那里，目光直视着前方的小路，不露一丝痕迹。

我折回雪橇那里，俯身取下上面的挂钩，狗一股脑儿地向前冲去。那时，我其实并没有完全站在雪橇上，结果我被被雪橇轻轻一撞，失去了平衡。朝右侧了侧身子之后，我又站稳了脚跟，就在那一瞬间，我无意中将钩子从雪地里拔了出来。

结果，我的帽子也被拔了出来。

帽子被埋在了积雪覆盖的路边，埋得很平整，盖在上面的雪光溜溜的，所以被藏得严严实实的。要不是雪钩已经磨损掉了10厘米的话，我就永远别想找到我的帽子了。

我拉住雪橇，又把雪钩插进了地里。掸掉上面的雪之后，我又把帽子扣在了头上，同时，我一直在琢磨着这件事的来龙去脉。

就在风暴的身边。

他偷走了帽子，迅速地挖好了坑，把帽子埋了进去，把上面的雪打扫得平平整整，然后就回到原位，坐在那里，一直盯着前方，带着一脸的无辜。

我拉住雪橇，捡起帽子的时候，他回头看了看，当他看到我将帽子戴在了头上，然后——我发誓——他露出了一抹笑容。随即，他又摇了一下头，接着就去干活——开始拉雪橇了。

除了这些恶作剧，风暴还长着一双测量仪一般的眼睛。装车的时候，他总是仔细地估算着每一件货物的重量，要是超重严重的话，他就会让我知道他表示反对了。

有一年冬天，一位朋友给了我们一架摆在客厅里的炉子，炉子边缘镀着一层镍。那并不是一架很大的炉子，却颇有些分量，而且个头不算太小。我的这位朋友住在32公里开外的地方，其中有20公里路要翻过两座不算矮的山冈，接着还有13公里路是铺着铁轨的斜坡，铁路已经废弃了，非常破旧。那天一大早我就起床了，因为我希望当天就能回来。雪已经下了有10厘米深，狗必须得破雪前进了。一路上我们一直在刚刚落下的大雪中穿行。翻过两座山，再爬过铁路之后，狗全都在等着休息了。我赶着他们跑完了最后3公里路，终于来到了炉子跟前。我把他们从车上卸了下来，这样在我喝咖啡的时候，他们也能歇上一会儿了。

我们休息了至少有半个钟头，狗全都悄无声息地睡着了。要重新上路了，朋友和我把炉子抬到屋外，放在了雪橇上。狗没有动弹。

风暴除外。

他仰起脑袋，睁开一只眼睛。愣了一下之后突然回过了神，把两只眼睛全都睁开了，然后他坐了起来。之前他一直面朝前方，这会儿则朝雪橇转过了身子，同我们返程的方向背道而驰。他看着我们往雪橇上装炉子。

花了好一阵工夫之后，炉子勉勉强强地被装上了车，上路之后，它肯定会“叮叮咣咣”地晃悠一阵，然后翻倒在两侧的护栏上。

风暴自始至终都坐在那里，望着我们，脸上流露着一股饶有兴趣，仔细研究的神情。他没有站起来，而是一直蹲坐在地上。等装好车，准备动身的时候，我将挽具又套回到狗的身上，这包括将拖钩挂在挽具后面的尾钩上。狗都清楚这就意味着我们该回家了。他们纷纷爬了起来，将拖钩甩得噼啪作响，试着让雪橇滑动起来。

所有的狗都在拖，只有风暴除外。

风暴坐在地上，拖钩挂在他的挽具上，却耷拉着。其他的狗都嚎叫着，想要冲出去，可是风暴却坐在那里，一动不动地盯着炉子。

不是我，不是雪橇，而是炉子。接着，他扬起嘴唇，露出牙齿，冲着炉子咆哮了起来。

咆哮完之后他又喷了两下鼻子，然后才站起身，转过身去，开始拉车。可是，每当他们拖着雪橇和炉子爬上陡峭的山冈，我在山顶上停下来，好让他们喘口气的时候，风暴总是会转过身，冲着炉子再咆哮几声。

他的敌人。

雪橇上的大家伙。

我不清楚风暴和我一起跑过多少路。800？1000？可能有1900公里。我最早拥有的一批狗里就有他，他教给我的东西也最多。当我们俩一起工作时，他渐渐地了解了我，或许甚至比我的家人更了解我。只消打量一眼我的肩膀，他就能看出我是喜是忧，能看出我们将要跑到多远的地方，我们必须跑得有多快——他无所不知。

在我开始进行长距离越野时，也就是带领队伍，从布设排钩线转为参加艾迪塔罗德大赛时，风暴便将步伐改为参赛所需要的大跨步，

并让自己适应了长途奔跑的生活。

可是，他的确倍感无聊。有一天，在长跑途中，他突然干了一件事情，直到最后结束，这件事情都一直伴随着他——伴随着我们。那一天风和日丽，风力不算强，我们已经跑了72公里了，气温维持在理想的零下十度。阳光明媚，一切都很顺利，狗都跑得很有节奏，按照这样的节奏，他们可以跑完上百，甚至上千公里。

风暴却感到厌倦了。

在一处拐弯的地方，一根小树枝悬垂在我们前方的路上。跑到那根树枝下面的时候，风暴突然蹦起来抓住了树枝，从上面掰下来一小截——大约有半米。之后他一直叼着那截树枝。

一叼就是一整天。

一直到了夜里。他一边跑，一边还带着那根小木棍，就好像那是他的玩具似的。我们停下进食或者休息的时候，他就把小木棍放在一边，吃饭，然后把小木棍捡起来。他把小木棍小心翼翼地摆在自己的面前，要不就横架在自己的两只爪子上，然后才安然入睡，醒来后他再把小木棍捡起来。很快，它就成了我们之间的秘密。我是说，小木棍。

每次停下来的时候，他都会把小木棍拿给我看，跟我交流一下。我会在他的头顶上轻轻地拍一拍，然后将小木棍从他的嘴里拿出来。当我拿走小木棍的时候，他会发出低沉而温和的吼叫。于是我仔细地将小木棍“查看”一番，点点头，好像是在对小木棍表示赞叹，然后再将小木棍递还给他。

每天赶路的时候，风暴都要重新捡一根小木棍，每一次我都得对新的小木棍表示赞许。过了一段时间之后——几个星期，或者是几个月——我意识到，风暴是把小木棍当作了跟我交流的手段，他是在告诉我一切顺利，我自己也没有出现任何差池。

在一次艾迪塔罗德大赛的赛前训练中，我一直对大家步步紧逼，因为我十分看重竞争和胜利（这种想法持续的时间并不长）。我朝着风暴走了过去，当我走到他跟前的时候，他直接扔掉了小木棍。我捡起小木棍，将小木棍冲着他递了过去，他却没有接过小木棍，而是把脸扭到了一边。我将小木棍抵在他的嘴上，试图强迫他接住小木棍，可他还是任凭小木棍掉在了地上。突然明白了他的意图之后，我便不再强迫他了。我停止了训练，给大家喂了点儿食物，然后开始让大家休息。而我自己则坐在雪橇上，回想着自己的错误。我坐了大约四个钟头，看着一支支训练队伍从我们身边跑了过去。又给他们喂了一些点心之后，我打算继续赶路了，这时我欣慰地看到，风暴将自己的小木棍捡了起来。从那以后，我就一直盯着那根小木棍，我知道只要小木棍还支棱在他的脑袋两侧，那我就没有做错什么。小木棍始终都在那里。

在永无尽头的一次次长距离越野中，在暴风雪和严寒的天气中，围绕在我们这架雪橇周围的只有更多的雪橇、寒冷，还有风。这期间，风暴一直都在用他的小木棍告诉我没有问题，一切安好。

风暴终于上了年纪。八岁……九岁……十岁，他变得迟缓起来了。他调教过很多小狗崽，最终还是退休了，再也不拉雪橇了。我们试图把他当作宠物来照顾，让他进屋生活——其他狗退休后我们常常这么做，可是风暴很不情愿，他不想离开狗场。在屋里的时候，他总

是到处弄出些动静，不停地试着从窗户或者玻璃门里钻出去，于是我们就把他放了出去。我们总是把他的碗装得满满的，并且再也不拴着他了。

风暴在狗场里当了一整年的老人家。他坐在太阳地里，和小狗崽们混在一起，看着狗队在狗场里进进出出，自始至终都带着一根小木棍。我去狗场给狗套上挽具，或者越野之后回到狗场的时候，他都会叼起那根小木棍。

又一年过去了，风暴失明了，头脑也大不如前，不再像之前那么警觉了，但是他依旧那么开心。他坐在自己的房子旁边，一听到我的脚步声越来越近，就会把他的小木棍递给我。有时候，我会走到他的房子跟前，坐在沐浴在阳光中的狗屋旁。他把头枕在我的腿上，嘴里还叼着他的小木棍。这时我就会想起很多早已被我遗忘的事情，最近的事情，久远的事情，长途越野，短途奔忙，小狗崽，严寒，冷风，北极光，雪地中的篝火，老式缠挂式雪橇那“吱吱呀呀”的声响，还有钻石里永不消失的喜悦，生冷的喜悦，那如同钻石一样的北方的寒冬……全都是关于风暴的事情。

结束的时候到了。风暴衰老了，他在狗场里的活动失去了方向，将其他狗的房子撞得东倒西歪。我知道过不了多久，他就会面朝东方了——很多狗死去的时候都会这样做。因此，我不想拴着他，好方便他找到合适的地方。

可是我们有一些新来的狗，其中有几只具有强烈的攻击性，很不安全，永远都是一副好斗的模样。尽管年轻的狗很少会攻击受人敬仰的老前辈，但是当风暴靠近他们的领地时，他们还是差点儿跟风暴打起来。我可不希望风暴因为暴力而死于非命，所以在秋季的一天，在驾着狗拉雪橇出门时，我用狗链将风暴拴了起来。

这本来只是暂时的束缚，只消等到我回来之后就可以结束了，可是就在我外出期间，风暴的生命走到了尽头。不知怎么的，在生命的最后时刻，他将狗链绕在了自己的房子上，这样他就无法面朝东方，规规矩矩地死去了。

我看得到他挣扎的痕迹，他用自己那几只衰老的爪子，狠狠地撕扯着大地，好转过去。倘若时间充足的话，他就会像很多动物那样面朝东方。可是，他没能做到。他没能将铁链从地上拔出来，没能将缠在房子上的链子解开，没能挪动房子，没能面朝东方，得体地死去。

都是我的错。我本该清楚这将是他在人世的最后一天，我本该感觉到他将要死去。我本该放开他，哪怕得冒着他同其他狗恶斗一场的风险。毕竟，争斗是他的天性——他们天生都是争强好斗的家伙。

可是，我没能做到。

都是我的错，死亡逼近的时候，风暴没能面朝东方，他知道我会为此感到不安。风暴知道我的感觉会很糟糕，于是他做了自己唯一可以为我做的事情。

第二天回到家，我径直去了狗场。狗场里悄无声息，等我走到跟前后，所有的狗都唱起了死亡之歌，听起来很像是歌唱雨水的歌。我知道风暴已经走了，还没看到他的时候，我就知道他已经走了，还没赶到狗场的时候，我就知道他已经走了。这是一首音调低沉的歌，自始至终都一样低沉，绝对不会转为热情洋溢的嚎叫声，我感到了生命的尽头所能带给人的全部哀伤。我走进狗场，把风暴的尸体抱了出

来，然后将他埋葬了。

我是在他的房子旁边找到他的，他挤在侧面，试图绕到东面去。他身子底下的地面都被抓烂了，铁链子让他的脑袋朝向了北方。

然而，他没有责怪我。

我会永远自责下去，可是风暴不会责怪我。

最后的举动，最后的念头，全都出于对我的考虑。风暴死了，小木棍还在他的嘴里。小木棍。

我们的小木棍。

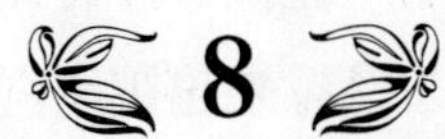

穿行在黑夜中的风尖叫了一路。这个星期太冷了，有一天夜里甚至达到了零下五十三度，随后的两天也都维持在零下四十五度左右。整整一个星期，夜晚的气温从来没有高于过零下二十度，而且自始至终都刮着狂烈的西北风。

而且，我们又莫名其妙地碰上了恶劣的天气。我们在天寒地冻的日子里跑了130公里，我没有穿够御寒的衣服，而且一直担心狗的状况——其中两只狗的耳朵已经被冻伤了。给他们俩涂抹药膏的时候，我决定躲起来，直到天气稍有缓和再继续赶路。我打算躲一个晚上。

我临时用积雪筑造起一座棚屋，又用油布在棚屋旁圈起一个小棚

子，在雪地里给狗挖了几个坑。我们就这样躲过了最寒冷的时刻。我们的手头还有一些狗粮和肥肉，肥肉也是给狗吃的，我自己还有一罐美味的“男厨牌”①意式小方饺罐头。

我们一直盘坐在地上，等待着。

我盯着那罐小方饺看了一整天，不停地喝着热“茶”——我反复不停地冲泡着那一袋袋装茶。越来越饿了，于是我拿了两条给狗吃的肥肉，就着肥肉炖了半罐小方饺。

太美味了。我吃掉了那锅方饺炖肥肉，继续熬了半天才将剩下的也都吃掉。情况不算太糟糕。

风呼啸着，但是狗没有暴露在风雪中。我喂了他们两次，他们的体能得到了恢复——可以持续好一阵子了。生火的柴火也很充足。

可是，第三天上午，我生起了一场大病。在我头脑还足够清醒的时候，我以为自己这是得了感冒，要不就是因为吃了肥肉，出现了食物中毒的现象。这些都不打紧。

结果我发起了高烧，然后就神志不清了。我开始出现幻觉，幻想有人来到了我的身边——一个我并不认识的人，他“帮”我给狗套上了挽具。

风仍旧那么强劲，狗都不想离开温暖的雪坑，但是我的帮手帮了我的忙。他个头很小，腰部滚圆，两只粗壮的肩膀向下弯着。他浑身上下透着一股自信，他对狗非常了解。这个人将狗晃来晃去地从雪坑里拽了出来，让他们站在寒风中。他还看了我两次，冲我笑了笑。他那张鹅蛋脸很平板，眼睛很温柔。他示意我重新上路，一边还挥着

①男厨牌：男厨食品，美国方便食品品牌。

手，叫狗跑起来。雪橇从我身旁滑过的时候，我一把将它抓住了。我们在夜色中渐行渐远。我还试图冲他挥挥手，道一下别。

回想这一切的时候，我清楚这些全都是我的幻觉。我可以坐下来，好好琢磨一下这件事情，然后我就会想明白其中的来龙去脉。然而，一切仍旧那么真实。

我不记得一路上都是怎么跑下来的，那简直就是一连串的噩梦，一大堆真假参半的梦，真切的场景，一系列的举动，还有一幅幅的画面，全都混在了一起。

我试着跨上雪橇尾部，可是我病得太重了，一次又一次地跌落在地上。我在黑暗、冰冷和寒风中摸索着，用绳子将自己拴在了雪橇上，可还是从雪橇上掉了下来，一次又一次地掉了下来。每当我掉下来之后，狗就停下脚步，让我重新爬上雪橇。终于，我受够了，再也站不起来了。我爬上雪橇，用睡袋裹住自己——睡袋也是那个人帮我装上车的，然后就把自己完全托付给了狗。

我睡不着，但是一直在昏迷与清醒间徘徊着。有一次，当我感到雪橇停止不前的时候，我从睡袋里探出脑袋，抬起了头，结果还是那个人——那个帮我离开林中空地的男人，那个爱斯基摩人——正把我的领队犬从积雪堆中往外拽。狗队又被排列整齐了，当雪橇从那个人跟前滑过去的时候，他也再一次冲我挥了挥手。我也冲着他挥了挥手，然后伸出手去，想要抓住他，可是雪橇滑得太快了，我甚至都没有碰到他。

在那个漫长的夜晚，我们跑了整整一夜。对狗来说这一路非常艰难，他们一直在跟风雪搏斗着，而我却帮不上什么忙，只能奄奄一息地躺在雪橇上。一路上他们停了很多次，被困在了深深的积雪中，要不就是吃力地在厚实的雪堆中钻进钻出。而每当我在雪橇上抬起脑袋的时候，都能看到一个男人抓着领队犬脖颈上的挽具，帮他从危难中脱身。那个男人穿着风雪衣，连着衣服的帽子上还镶着一圈狼皮。

我一度感到了反胃，于是紧靠着雪橇侧面的护栏。当时我病得很严重，狗全都转过身，来吃我吐出来的东西，这一幕让我感到更加恶心了。他们乱成了一锅粥，一个摞一个，绳子也全都缠在了一起，为了我的呕吐物打得不可开交。我太虚弱了，根本站不起来。队伍中有一只魁梧的狗，名叫“大马车”，他真是一个大麻烦——除此以外还有很多令人头痛的事情，大马车很喜欢打架。当然喽，很多狗都喜欢打架，可是大马车又高又壮，只要一动手，他肯定会给其他的狗造成严重的伤害。结果，大马车跳到了瑜伽师的身上，开始把对方往死里咬。最后他咬住了瑜伽师的喉头，而我对此却无能为力。

就在这时，那个男人又出现了。那个无名无姓的男人站在那儿，安详平静地笑着，不急不缓地制止了狗群中的恶战，送他们重新上路了。当我们从他身旁经过的时候，他又向后退去，我试着再次去摸他，可又一次失败了。

接二连三地失败了。

我们在漆黑的夜风中来到了路的尽头，来的时候这里还有路，可是运送木材的车队开着集材机经过了这里，抓手里的叶片一路铲过地面，只留下了光秃秃的冰面。而且这还是一段地势陡峭的下坡路，而我也没有站在雪橇尾部，无法踩住刹车。雪橇悄无声息地朝着狗群滑了过去，滑动中车身失去了控制，偏到了一旁，然后就翻了过去。我

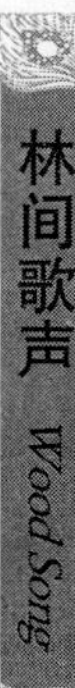

和装备，还有狗粮，一起被扔出车斗，重重地落在了一棵松树上。狗再一次团成了一堆肉球，层层叠叠、乱七八糟地滚到了坡底下。在夜色中我看不清他们，不过我还是挣扎着朝他们爬了过去。可是所有的东西看起来都是那么模糊。就在这时，那个男人——我的朋友——又出现了。

他让狗排好队，把我的行囊重新装上雪橇，还把雪钩扎进地里，以免狗乱跑，然后扶着我回到了雪橇上。接着，他拔出雪钩，将雪钩放在雪橇上。我又冲他挥了挥手，向他表示感谢。他没有理睬我，只是冲着狗短促地叫了一声，那句话听上去就像是从他的嘴里炸开了似的——“嗬哈！”

狗突然跳起来，冲向了他，我又昏昏沉沉地睡了过去。

半路上我们经过了一个湖，湖面上结着一层薄冰，打头的几只狗决定从湖面上直穿过去。那之后我们不知走到了哪里，后来又顺着一条结了冰的小溪走了一阵子，其间还有一段水流没有冻结，他们便绕过那段水流，取道别处了。我目睹着这一切，可是一切都仿佛是在梦中一样。我们撞上了很多树，我的脑袋也被撞了好几次，害得我又开始反胃了，不过这一次狗只是一个劲儿地赶路了。终于，我忘记了一切，再也看不到什么东西了，直到我突然感到雪橇停了下来，纹丝不动地站定了。我睁开眼睛，看到我们已经回到了狗场，队伍中的狗全都在地上打着滚，撕扯着自己身上的挽具，等着人把他们从雪橇上解下来，好让他们抖抖腿，在自己的房子里睡个好觉。我妻子从屋里走出来，给我搭了把手，当时我已经走不稳当了，没法立即把狗安顿好。我试着跟她讲那个男人的事情，就是我刚刚结识的那位朋友，可是她听得一头雾水。于是我只好住口，心想日后再告诉她吧，可是不知道为什么，好长时间我都再也没有跟她提起过那个男人——我的新朋友，也再没有见到过他了。

直到我开始在明尼苏达训练队伍，北上阿拉斯加参加艾迪塔罗德大赛的时候，无意中经过了一个叫作“波恩”的地方。

当然，这太疯狂了——一种投入了精力，有着明确目标的疯狂。

艾迪塔罗德大赛。

这项赛事的目标是驾驶雪橇的车手带领一队狗，从安克雷奇①市中心跑到诺姆②市中心，其间车手将穿越阿拉斯加1800多公里的荒野、山川，直到育空河岸边，白令海③海边，然后沿着海岸继续前行，穿过一段段冰封的海面，直到到达诺姆。

这就是目标。

这种比赛，以现今的条件来看，即飞机、电脑、智能汽车、便于控制的环境，以及科学技术所实现的一切奇思妙想——在这一切的帮助下，在我们现已拥有的这一切的帮助下——人们似乎不会再干这种简单而原始的事情了。这项比赛太艰巨了，而且训练参赛队伍、带着他们赶往阿拉斯加、参加比赛，需要极强的组织能力，只有将其划分为一段段简单的时间段，才能保证各项工作得以落实。

①安克雷奇：美国阿拉斯加州最大的城市，位于阿拉斯加中南部。安克雷奇是美国最北方的主要城市。

②诺姆：美国阿拉斯加州的一座城市。该市的人口在2000年为3505人，2010年有3598人。人口在阿拉斯加州排行第16。

③白令海：或译为白林海。是指太平洋北部被阿拉斯加半岛、阿留申群岛、堪察加半岛、西伯利亚和阿拉斯加围成的一片水域，北端通过白令海峡与北冰洋相连。白令海得名于最先发现它的欧洲探险家维图斯·白令。

第一次我们就跑了十七天又十四个小时，当然，最好的办法就是将整个过程逐日记录下来。

比赛

第一天

我们从安克雷奇出发了。这太疯狂了，头天夜里我们就没有睡觉，两天前的夜里也没有睡觉，一直在忙着做各项准备。无休无眠。干粮已经提前被运送到了二十个补给站，狗也被卡车送到了安克雷奇市，安置在位于第四大道的参赛队伍集结区。滑稽的是第四大道原本没有雪，人们还得把雪运过去。由于只铺了薄薄的一层雪，雪橇很容易就穿透雪层，直接压在柏油路面上，这样一来转向装置就失灵了，车手根本无法控制住雪橇。狗也疯跑了起来。我们的车队被排在了第三十二号，在七十支参赛队伍中大约排在了正中间的位置，我的狗只能站在那里，看着前面的三十一支车队先行跑走。跑过四个街区后，他们突然转向右侧，离开了市中心。我们看着三十一支车队陆续出发，然后自己也被带进了滑道里。我的狗都清楚，轮到我们出发了。他们不停地向前扑，抓挠着地面，狠命地拽着雪橇，尖叫着。终于，人们给我们倒数到了零，我们被放开了。队伍中有年轻的狗，也有老狗。小饼干也在其中，曾经担任工作犬的风暴、方兹、哥伦比亚、瑜伽师也都在，此外就是几只我还不太熟悉的年轻的家伙。

一路向前。他们猛地从滑道里冲了出去，差点儿让我的手臂都脱臼了。我无法相信他们就是我亲手训练出来的，是此前已经跑过很多次赛程的那十五只狗。站在雪橇尾部的我无足轻重，无关紧要。我们狠狠地踩着大地，眨眼间就跑过了四个街区。我清楚我们无法转弯。我们的确没有转弯。狗扫过街道，一切似乎都尽在我的掌握之中。我上下颠簸着，不过始终还是设法挂在雪橇上，在冲出安克雷奇市中心的时候，我终于被摔得趴在了地上，就像一堆垃圾一样，被拖在了雪橇后面。

在队伍中只有雪橇和狗才是至关重要的因素，直到很晚的时候——三天之后——我们才听到了其他参赛队伍的大量消息。其中一些车队甚至没能走出安克雷奇。一位车手弄断了手臂，还有一位的肩膀骨折了。跑出三五个街区之后，他们肯定得退出比赛了。

这才是最要命的。

退出比赛。开赛前就有人宣称这是一种传染病。

我得了麻风病，就肯定会在自己的身上乱挠一气——与此同理，很多选手都会这样，可是没有谁希望自己落得这种下场。所有人都希望能跑完全程。

我又控制住了车队，站在滑橇上，设法冲出了安克雷奇。这一切

仍旧那么不真实，仍旧是一场梦。终于，我们离开了滑道，跑上了真正的，千真万确的艾迪塔罗德大赛之路。梦想。奔跑。奔跑。

一切都是假的。开始于安克雷奇的表演只是为了电视转播，为了提高安克雷奇的知名度。参赛队伍不可能真的从安克雷奇出发，一路跑到诺姆，因为通往安克雷奇的高速公路挡住了赛道。整个起跑过程、全场的疯狂、滑道，这一切全都得重来一遍。安克雷奇城外48公里是伊格尔里弗的郊区，狗在这里被装上卡车，然后运送到18公里之外，比赛真正的起点站——塞特勒斯湾。

滑道更多了，狗更猛烈地撕扯着挽具，更凶猛地嚎叫着，等待着前面的队伍出发。再一次的疯狂之后，狗冲出了起始滑道，手忙脚乱地加着速。这一次他们将冲进灌木丛，一头扎进荒野之中。可是，弄虚作假的开赛仪式花去了一整天的时间，所以比赛真正开始时，已经是当天很晚的时候了。

夜幕即将降临。

随着夜色的加重，参赛队伍陷入了混乱之中。头一天晚上，所有的队伍都不会休息，大家都太兴奋了，必须让他们跑下去，直到他们平静下来为止。因此，黑暗让跑过去的车队更加疯狂，让一切更加混乱。此外，黑暗还带来了麋鹿。

麋鹿。

我们的车队一动不动地在黑暗中停了下来，我起身去看个究竟，结果发现是我的领队犬（有的人带着两只领队犬，我还是喜欢只用一只）出了一点状况。我的领队犬是一只讨人喜欢的、头脑简单的狗，名叫威尔逊。我试着让他先充当一阵领队，这样就可以把小饼干留到后面的赛程中。我看到威尔逊的脑袋不动了，被夹在了一只麋鹿的两条后腿之间，他惊恐地愣在了那里。麋鹿就像是一头硕大的公牛，当我头灯的灯光扫过她的时候，她转过头，打量了我一眼，然后把头转了回去。我没有带枪，不知道该怎么办才好。

“你他妈的究竟在等什么？”突然有人从我身后向我逼问道——在黑暗中，另外一支车队赶上了我们，“干吗停车？”

“麋鹿。”我漫不经心地冲对方吼了一声。

“唔，那就踢她的屁股，要不就给我闪开……”

我斗胆试了试。我在麋鹿的左半侧身子上踹了一脚，让我惊讶的是，她居然跳了起来，然后就真的缓缓地离开了赛道，我们过去了（在后来的赛程中，我还这样干过，可是第二回碰到的麋鹿就不一样了，她不但没有离开我们的赛道，反而跳到了我的身上，有那么五秒钟，我的性命变得妙趣横生）。

一切都在继续着。

在迷茫中，我的领队犬失去了方向，当我低头检查雪橇上的包裹时，他带着我们跑上了错误的路线。我们顺着错误的方向跑了72公里，路越来越窄，到最后彻底成了一条死路。我们来到了峡谷。

在夜色中我站起身，走到队伍的前面，拽着他们调转方向。我意识到我们迷路了。我的衣服已经被树枝挂烂了，脸上也布满了伤痕，血不停地往外冒。我回头朝下打量着我们刚刚爬过的山坡，只见路上突然亮起了二十七盏头灯。二十七支车队循着我们的气味一路追来，他们都以为我们走的这条路是正确的赛道，所以都跟在了我们的身后。我必须调头追上那二十七支队伍，在擦肩而过的一瞬间，叫他们

也都调个头。

真是一场噩梦。一整晚都那么疯狂，让车队调转方向、劝架、冲狗狂喊乱叫、在深及腋窝的积雪中跋涉，直到我们全都回到了真正的赛道上。终于，在即将破晓的时候，我再也撑不住了——在连续三个不眠夜之后，我在一条岔路上把我的狗从车上卸了下来，自己则坐在雪橇上休息起来，打起了瞌睡。

我昏睡了十分钟，闭着眼睛，放松地躺着。突然，我听到雪地上响起了脚步声。在黑暗中，一位身材魁梧的老人出现在了我的身旁。他低头冲着我微笑，说："想来块碎巧克力饼干吗？"

太奇妙了，经过这个疯狂的夜晚之后，他还是设法保住了两块碎巧克力饼干，而且两块都完好无损。这真令人难以置信，完全就是奇迹使然。他将其中的一块递给了我，我坐起身，拎着自己的热水壶，往他和我的壶盖里分别倒了点茶水。我俩一边喝着茶，一边把饼干在茶里蘸一蘸，两个人全都一声不吭地坐着。我看了看表，发现此时距离在安克雷奇市中心的集结区，等着赶往真正的起始滑道，已经过去了整整二十四个小时。

第一天结束了。

第二天

天亮的时候，我们从黑暗的密林中跑到了开阔地带，享受着眼前壮丽的景色。太阳从我们的右后方升起，照耀着我们身前的阿拉斯加山脉。天空中万里无云，右边的麦金利山①矗立在我们身旁，白雪皑皑的大山高耸入云，令人头晕目眩。阳光打在我们的脊背上，狗继续奔跑着，不过他们都跑得很惬意。

头一天夜里的疯狂消失了。赶在前面的参赛队伍，那些身手敏捷的家伙，全都在继续往前赶路，我们（我的狗和我）被落在了后面。我们开始办起了比赛中的正事，比跑上1600公里更棒的事情。

①麦金利山：又名丹奈利山或德纳利山（北阿萨巴斯卡语名），位于阿拉斯加州东南部、阿拉斯加山脉中段，海拔6194米，是北美洲最高峰，也是美国的最高峰。

一件奇怪的事情。

狗非常了不起，在艾迪塔罗德大赛中，他们才是真正的参赛选手。他们的耐力、喜悦和智慧不断地让我感到惊讶。可是，他们的需求也非常多，每过大约一个钟头，就得给他们喂一点儿零食，每过三个或者三个多小时，就得喂一顿热乎饭。每个钟头都得把他们的肩膀揉一揉，还得让他们抖抖身子，好消除各处关节上累积起来的乳酸。

还有他们的脚……

天哪！他们的脚。十五只狗在给我拉雪橇，这就意味着我得照顾好六十只脚。我得随时留意着这六十只脚，给它们上膏药，必要的话，还得给它们套上皮套子。

由于得跪在地上很长时间，所以，我在裤子的膝部缝了两块1厘米厚的防潮垫，以免双腿因为跪在雪地里而被冻僵。

这一路，从一开始，我便深入到照顾狗的各个环节当中，再加上比赛的强度与节奏，我根本无法意识到我们何时开始爬坡，何时又穿行在漫长的山路上。这一天，我们经过了一条条冰封的大河，穿过了一个个冻结的湖面。天再次黑下来的时候，我们赶到了二十个补给站中的第一个。

喧嚣，还是喧嚣。

一队一队的狗来了，又走了，到处都是裁判和观众。小飞机在冰面上降落，然后又飞走了。由于噪声很大，狗根本没法得到休息。我拿出干粮，和狗沿着河边朝前走了一小段路，甩开了周围的一切，可是他们还是没有休息。他们坐在地上，望着其他车队来来去去，望着飞机起起落落。

就算在夜色中，在河岸上的柳林中，周围还是那么拥挤。在我前面有一个男人，他带着自己的车队一直在兜圈子，他的狗在冰面上漫无目的地跑着，从摩托雪橇滑出的一条小路上，蹦到另一条小路上，然后又转头跑回来。在夜色中，他们被众多的小路搞得一头雾水。

所有人都糊涂了。

意识到狗的确不愿意休息之后，我便把他们又挂在了车上，然后继续上路。我们幸运地找对了路，当我们离开补给站的时候，那个兜圈子的男人也跟着我们冲到了路上。

夜路又引起了混乱。别的车队赶超过我们，我们又赶超了别的车队。我再一次停了车，好让狗休息一下，可是他们仍旧不愿意睡觉——实际上，接下来的两个晚上，他们都不愿意睡觉，我只好听凭他们继续赶路。雪深得令人难以置信。有一次，我叫住他们，然后顺着队伍跑到最前面，去查看他们的脚。我错误地把脚迈到了赛道外，结果身子一下子就扎进了深及腋窝的积雪中。我把狗当作锚，抓着他们，最后才终于从积雪中脱身。

第二天夜里，我的脑袋快要被烧焦了。

我严重缺乏睡眠，开始出现幻觉。在赛前的情况介绍会上，已经有人就这种情况提醒过我们，此外还有冻伤、风、雪盲症，还是风，以及严寒的天气，最后仍旧是风。可是，比赛中最开始出现的幻觉防不胜防，那些幻觉不是梦，不是由于睡眠或者神志不清而出现的东西。比赛的强度，要求精力高度集中的驾车工作，都令车手多少有些体力透支，而在训练的过程中，是不会碰到这种情况的。幻觉似乎是在冲你嘶吼着，在你清醒的时候，双眼圆睁的时候，它们冲你扑了过

来，而且它们完全是真实的。

在奔跑中，狗的脚上喷射出一点雪花，一小股白色的气流，而到了我的脑袋里，气流就变成了火焰。我看到我的狗全都跑在火焰中，他们的脚和下半截腿全都浸泡在烈焰中。我惊恐地将雪钩固定好，跑到队伍旁边，好去灭火。我猫着腰，拍打着他们脚上的火苗。当然，火消失了。它们压根儿就不存在。

可是，这种幻觉还是一次次地冒出来，到最后我设法说服我自己，让自己相信没什么大不了的，毕竟火没有对狗的脚造成伤害。我惊愕地看到，他们在液态的火苗中奔跑着，既不感到疼痛，也没有受伤。

幻觉并没有消失。事实上，它们越来越混乱了。我常常因为朝着河跑过去，或者追随着灯光跑上一阵而差点儿迷路。那些河并不在那里，灯光也并不存在。

有一次，还有一个男人坐在了我的雪橇上。他穿着一件风衣，戴着一副角质边框的眼镜，手里拎着一个牛皮纸文件袋，袋子里装满了官方文件一类的东西。我看着他转过身，抬眼打量着我。他长得非常有特点，我看得到他外套上的褶皱，我自己的影像也投射在他的眼镜片上。他转过头，打量着我，然后开口说起了联邦奖学金的事情。他的嗓音非常低沉。

我从来没有见过像他这么无聊的人，就像稠乎乎的烂泥一样沉闷。他不停地唠叨着，到最后我终于冲他吼叫起来，让他闭嘴。

狗停下了脚步，回过头看着我——当然只有我一个人。

只有在夜里的时候，幻觉才会变得如此强烈，就是十一点到次日清晨四点的时候，而我根本无从知道，在接下来的一天半中，自己如何才能真正地控制住幻觉。

夜似乎永远没有尽头。狗一直小跑着赶路，我在雪橇尾部，一直处于半梦半醒的状态之中。不过，漫漫长路之后，我们终于跑到了黎明时分。在这个时节，天亮时很冷，非常冷。气温大概降到了零下五十度。我跟另外一位车手并排跑了一段路，他的两排牙齿“咔嗒咔嗒”地响着，这可不是什么好事。

“冷啊。”他说道。这句话听起来不啻为一种祝福。

我点了点头——我的脑袋就裹在风雪衣的帽兜里。我拉住了车队，好让大家停下来休息一下。他们终于打算停下来了。

第二天结束了。

第三天

我们必须横穿阿拉斯加山脉。

赛前就一直有人在说，这是全北美最高的山脉。没错，我们一整天都在往上爬，而且要再花上一天的工夫才能跑到山顶上。

我们又经过了三个补给站，其中两个设在小村子里，村里的孩子们都赶过来，围观经过的车队。他们充满了好奇，仔仔细细地观察着每一件事情，包括我给狗喂食，照顾他们。还有一个站，设在一座捕猎的猎人居住的小木屋里，我们可以驻留在屋外，但是不能进屋去。

我们这一队走得非常慢，比绝大多数参赛队伍都要慢，因为我意识到，我们只要能坚持跑完当天的路途，就已经算是幸运了，更别说跑出好成绩了。我原本指望的就只是能跑完全程，可是内心却一直饱受煎熬——你会觉得，没准自己的狗都很了不起，他们会证明自己比里克或者苏珊的狗队，或者任何一支跑在前面的队伍都要出色。这纯粹就是白日梦，匪夷所思的念头，可它就是徘徊在你的心里。

直到第三天。

爬啊爬。大山能让人看到现实。车队爬上山顶，来到了林木难以生存的地方。雷尼山口补给站就设在这里，除了我们的车队，还有大约三十支队伍，也都停在这里进餐，休息。这时，我陷入了一种几近愚蠢的狂喜中。

我感到异乎寻常的疲惫，比服兵役的时候还要疲惫，我从来没有如此疲惫过。我累了。可是，狗没有停下来，看上去他们的状态都非常不错，大家都在吃饭喝水，那幅景象太美了，美得令人觉得，无论我们落后多少都无关紧要。

我沉浸在这份美丽之中，跟狗一起越过绵延起伏的群山，回到了一万，不，一万两千年前。我变成了真正的人，尚未被现代文明扰乱的人。我走进山洞，成为了一幅岩画。

在雷尼山口补给站，我们结束了第三天的比赛，安顿下来。我坐在雪橇上，看着狗。他们全都睡着了，我也闭上了眼睛。等他们再次睁开眼睛的时候——感觉只过了一小会儿——四个钟头已经过去了。

瑜伽师站起身，朝四下里扑了几下，想找人跟他打上一架。我明白我们该出发了。

第四天

我们翻过雷尼山口，冲进了峡谷。

所有人都会提醒新赛手，要当心这条被称为“肠子”或是“大滑道”的峡谷。

赛道是一条蜿蜒在河谷中的下坡路，长32公里，沿途都是巨石，人和狗就顺着陡峭的岩脊向山下跑去，一路都在巨石上颠簸着。其他车手都告诉新赛手，在这条峡谷中很容易碰到大麻烦。

的确如此。

有那么一会儿，我彻底犯起了糊涂，担心自己会失去整支队伍，于是我将自己的左臂绑在了雪橇上。片刻之后我被撞倒了。正在峡谷里飞奔的狗翻着跟头，绕过了一块大石头，雪橇躲闪不及，撞在了石块上，我从滑橇上掉了下去，根本没法从地上爬起来。我就像一摊烂肉一样，在石堆上弹来弹去，来来回回地翻滚着，差不多整条峡谷都是躺在地上跑完的，后脑勺一直“砰砰砰”地砸在石块上。

在一两次奇迹的作用下，我将自己绑在雪橇上的愚蠢决定并没有害死我。一位车手将车队停在峡谷尽头，正在修理自己那架破损的雪橇。就在我的狗正要钻进侧面一条不宽的山涧时，他一把拦住了我的狗队，死死地拖住了他们。如果不是这样，我的状况可能会雪上加霜的。

我衣衫褴褛，浑身上下鲜血淋淋，而且几乎昏了过去。就这样，我跑出了峡谷，“呼啦”一声，冲进了下一个补给站。之后，我花了一整天的时间来恢复体力。

第四天结束了。

第五天

我在罗纳河临时停靠了整整二十四个小时。这是强制性的休息。

我和狗躺在地上，不远处就是充当补给站的小木屋。我醒来时已经到了中午，按照规定，距离出发的时间还有十个小时。我发现我们正处在一条冰河中的小岛上，我从未见过如此美丽的地方。

小岛四面环山，周围的山全都直插云霄，山尖俯瞰着小木屋，在广阔恢宏的背景下，小木屋看起来就像是一块宝石。我走到岛的另一面，去给狗打水。水岸的位置恰好就在山脚下，山高得似乎没有尽头，我只得仰起头，这样才看到白雪覆盖的顶峰。

就像是一座教堂。我在一根圆木上坐了下来，喝着茶，任凭眼前的美景为我疗伤止痛，一坐就是一整天。头痛消失了，肋骨上钻心的疼痛也没有那么强烈了。

传言如同野火一般席卷了补给站。一个男人失踪了，人们担心他已经遇难了。两个男人失踪了，人们担心他们也已经遇难了。一个女人遭到了麋鹿的攻击，也死了。还有人翻过雷尼山口，在峡谷里被拖了一路，最后被活活拖死了。没有一条消息是真的，但谣言就是谣言，它们就是来来回回地流传着，散布在补给站进行调整的车队中间，倘若不是因为我曾经服过兵役的话，人们肯定会对我更加担心的。

终于快到傍晚了，检查人员告诉我可以出发了。

狗精神饱满地哼哼着，他们已经连睡觉带休整地歇了一整天。我站在雪橇上，伸出手去拔雪钩，可是还没等我拔出雪钩，他们就已经向前扑了出去，把绳子都挣断了。我离开了补给站，一边跑，一边回头看着我的雪钩。

第五天结束了。

第六天

在夜色中，我们自由自在，一路咆哮着穿过了一片树林。两旁丛生的树木距离赛道太近了，雪橇似乎很难顺畅地通过这段路。有两次，我被打落到雪橇下，然后又手忙脚乱地爬回雪橇上。顺着一条冰冻的河床和瀑布，我们又摸黑跑了一段路，狗从一块石头上蹦到下一块石头上，其间我曾一度被压在雪橇下面，两只脚完全悬空了。突然，我们就来到了伯尔恩。

已经有人提醒过我们，要当心伯尔恩这个地方了。

伯尔恩这片衰败的荒野有145公里宽，一场林火将这里毁灭殆尽。由于某种因素的作用，这里的降雪并不多，这一年也不例外。天色渐渐黑了下来，我望着一望无际的荒野，满眼尽是石块、尘土、枯草，还有叠压着倒在一起的树木，可是视野之内却没有雪——连雪花都看不到。

狗仍旧那么精神。他们已经睡了一整天，根本不在乎脚下的积雪是否宜于滑橇的滑行，对他们来说，有没有积雪都是一样的。我只能任由他们跑下去了。可还没跑出1公里路，我就碰到了麻烦。

狗在一棵烧焦的大树下跑过去的时候，雪橇被卡住了。我没法倒车，只能用一把短短的弓锯把树割断，这样雪橇才解脱出来。当雪橇猛地朝前冲出去的时候，我差点儿没能抓住它。

接着又是一棵树。

雪橇又被卡住了，我又割断了一棵树。在浓浓的夜色中，我们从一棵树扑到下一棵树上，有一半的时间我都趴在地上，被车拖着，我的身体在石块和土地上一起一伏地翻滚着，而狗则始终保持着旺盛的精力，充沛的体力——每次我锯树的时候他们都在休息。他们一个劲儿地向前冲去。

真是一团糟。

我一直没有得到充分的休息，到了半夜，幻觉又出现了。那个身着风衣的男人再次现身，又在我的雪橇上待了一会儿，跟我唠叨着奖学金的事情，到最后我又叫他闭嘴，离开我，结果把他给惹恼了。

这个夜晚让我知道了幻觉的力量。车队来到了一块罕见的平地上，这时我看到了一块空地，一队狗停在我的前方。

狗全都睡着了，东倒西歪地趴在草丛里。另外一支参赛队伍的车手趴在雪橇上，拳头举在半空中。

“给我滚下来，不然我就宰了你。”他说道。我在后面停了车，

问他为什么要指着空无一人的雪橇。

“因为这个家伙。我带着他走了320公里左右，可是上山的时候，他都不帮忙推上一把车。我烦死他了。我要把他扔在伯尔恩……”

我俩聊了一会儿之后，他终于放松下来，这才意识到自己是出现了幻觉。可是，就在离开的时候，我又听到他大声地嚷嚷道：“给我滚下来……”

上路之后，我一直在想，没准刚才碰到的事情并不是真实的，我只是幻想出了一个产生幻觉的男人，这个念头使我又觉得没准这一切的一切——伯尔恩、雪橇大赛、我的狗、我这一辈子，整个世界都只是我的幻觉而已。带着这个念头，我的大脑飞速地旋转着，这时狗突然停下了脚步。我抬起头，看到一头硕大的公水牛站在领队犬的前面，正在他的脑袋上闻来闻去。

我盯着水牛看了好一阵子。穿着风衣的男人坐在雪橇的尾部，水牛站在前面。我的脑袋里已经成了一团浆糊，我还以为这又是一场幻觉，于是索性等着它自己消散。

幻觉没有消失。

我“嘘嘘”了几声，试图让雪橇上的男人安静下来，因为我担心他会惹怒那头水牛。我从来没有见识过发怒的水牛，哪怕是在幻觉中都不曾见过，这会儿我也不想看到那种情景。那头水牛似乎跟一座房子一样大，大得就连狗都无法阻挡住我的幻觉，可是他就像温热的泥巴一样，缓缓地渗进了我的大脑。

是一头真实的水牛。

在伯尔恩生活着一大群真正的水牛，而这头牛就站在那里，俯视着我的领队犬威尔逊。威尔逊讨人喜欢，是一只了不起的狗，可他就是一块榆木疙瘩。他竟然在闻那头水牛。

我冲着狗队吆喝了几声，他们便绕过水牛继续赶路了。令我惊讶的是，与水牛擦肩而过的时候，我们距离水牛不到2米，我们可以轻而易举地摸到他，可是雪橇上的那个男人却没有吭声。水牛什么也没有做，看起来一副怡然自得的样子。

后来，我听说，另一位车手在伯尔恩的时候，守在自己的雪橇旁睡着了，他的狗也都在休息，醒来的时候，他看到一头水牛跨着腿，站在他的上方，闻着他鼻孔里喷出来的气息。

讲述这件事情的时候，从他的声音里居然听不到恐惧的意味。他只是说水牛的气息很难闻。

终于，我受够了伯尔恩。我穿过一大片空阔的地域，跑了几公里的路，天上终于下起了雪，风越来越猛，到最后我连自己的狗队都看不到了，只能时不时地看到雪橇的前端。我不知道脚下的路将通往何方。

威尔逊失去了方向，在原地徘徊起来。由于无路可循，他便兜着圈子，渐渐地偏向了右方，带着我们冲向了灌木横生的地方。直到走进一条箱形峡谷，再也无法继续前行的时候，我才意识到威尔逊走错了，我们迷路了。我们已经偏离赛道，跑出了50公里。大雪大风让我们的处境变得更加糟糕了。强劲的雪很快就盖住了我们来时的踪迹，要想找到回去的路也变得难上加难了。我没法思考，哪怕动一下脑子都不可能。我带着一副听天由命的样子，沉沉地跪在了雪橇旁边，当我抬起头的时候，我的朋友出现了。

就是在我生病的时候，向我伸出过援手的那个爱斯基摩男人，他抓着威尔逊脖颈处的挽具，拽着整支队伍调转了方向。我站上了雪橇，我们又上路了。

我不清楚我们这是要去往何方，但是我十分信赖这个长着一双塌肩，笑容柔和的男人，我想如果能跑得慢一点儿，只要能一直走下去，他就肯定不会让我失望的。

几个钟头过去了，每当我犹豫不前的时候，他就出现在队伍旁边，冲我挥挥手，叫我继续前进。顶着风雪，我不停地走着，终于，我看到了雪橇驶过的痕迹。雪迅速将车辙填满了，所以这些车辙一定是刚刚留下的。我叫狗加快步伐，整个下半夜，我们一直都在赶路。破晓的时候，我看到了小木屋，这意味着我们终于跑到了伯尔恩的尽头。我希望能向那个人道声谢，他再一次救了我，可是他已经不见了踪影。

第六天结束了。

第七天

我们进入了尼可莱村补给站。到处都能看到呼啸而过的摩托雪橇，以及休整中的参赛队伍，我没有在这里逗留。风停了，太阳出来了。

我沿着河继续赶路，其间翻过了几座高高的山冈，还碰到了一处长满灌木丛的弯道。万事万物又重新充满了美丽的味道。我们顺着河一路前行，半道上还看到了一间酒吧。

路上，一个男人突然在荒郊野外冒了出来，问我想不想要一只鹿。我说不要，我还说自己不喝酒，于是他给了我一瓶汽水。汽水的味道妙不可言，整个一瓶我一饮而尽。在我转身即将离去的时候，那个人又往我的雪橇上扔了三瓶汽水。

这原本是一件好事，只是我没有看到他的这番举动，离开补给站的时候，也不知道雪橇上放着几瓶汽水。

汽水落在了我装着靴子的口袋上，当夜气温降至零下四五十度，汽水瓶被冻裂了。第二天，天气又暖和了起来，汽水也解冻了，结果布做的靴子浸满了汽水，汽水最终又跟靴子冻结在了一起。

后来，威尔逊的脚又被划伤了。我想给他一只我自己的靴子，结果发现靴子全都冻在一摊苏打雪泥中。我用胳肢窝焐化了其中的一只，把它套在了威尔逊的脚上，然后我们又上路了。

威尔逊嗅着汽水。

他觉得如果闻起来都这么有意思的话，那么它的味道一定错不了。没过多久，他就开始一边用三条腿撑着地，一边舔着自己那只受伤的脚。我们就这样从一支正在休息的车队旁跑了过去——我的领队犬用三条腿跑着，一边还舔着自己的另一只脚。

那位车手只点了点头，看着威尔逊越跑越远。

我们在美丽的小路上跑了一整天，经过一段长长的下坡路之后，我们就来到了下一个补给站，一个美丽的金发姑娘递给我一杯滚烫的巧克力。这世上再也没有可以和它相媲美的东西了。我慢悠悠地啜饮着它，希望让这一刻能永远持续下去。

天黑后我离开了这个补给站。大地变得平坦起来，绵延的山冈就像起伏不定的海面，风也平息了。这个夜晚，狗跑得很顺利，可是站在雪橇尾部的我，又一次迷失在幻觉之中。这一次，我看到蜂拥而至的人群在向我欢呼，有些人骑在摩托雪橇上，有些人从小木屋里跑出来，冲我挥着手，我看到他们的家人还在小木屋里，围坐在桌子旁。

还有两次我不得不加快车队的速度，因为人们骑着摩托雪橇凑到了我的跟前，我担心会被他们的雪橇撞到。

没有一样是真实的。

天亮了，我们来到了阿拉斯加的腹地。太不一样了，完全就是另外一个星球。没有树，只有苔原和绵延低缓的山坡，狗一路小跑着经过这里的时候，还能听得到他们叮当作响的项圈，以及“呼哧呼哧”的喘息声。我们在阿拉斯加的腹地跑了好几公里，漫长的几公里，径直跑向育空河。

第七天结束了。

第八天

赶着一队狗穿过阿拉斯加的腹地，这应该跟登上月球没有什么差别。跑上一阵之后，队伍不再前进了，大地、苔原、一望无际的草甸、稀薄的积雪，这一切在我们脚下不停地翻滚着，而我们则站定了。在这个地方，一切都是一成不变的。

大地缓和平滑地翻滚着——太单调了。为了赶到一座小木屋，我们连夜赶路，这时威尔逊突然又有了新的花样：他跌倒了。

头一回跌倒时我还担心他碰到了麻烦，于是跑到他跟前去照顾他。我扶着他站起来，他摇了摇尾巴，看上去没有什么问题，我们便继续赶路了。

可还没有跑出去三十米他又跌倒了。我又扶起他，然后继续上路。

可他又跌倒了。

最后我终于明白了，这一路百无聊赖，他跑着跑着就睡着了。

我轻轻地拍着他，在他身旁坐了一会儿，可是他却睡不着。只有在我们赶路的时候他才睡得着。所以，他并不感到疲惫，只是无聊而已。于是，我们又上路了。

我用手电筒照着威尔逊，只要他的后背微微地扭动起来，我就会轻轻地喊一声“小威！”

然后他就清醒过来，继续好好地跑上四十多米，之后他的脊背又扭动一阵，我再喊一声。在这个漫长的寒夜里，每隔四十米我就会喊一声“小威！”

这一招还真管用。我们不停地跑着，每一个人都很开心。在夜里，我们赶上了一支又一支车队，然后他们又追了上来。到最后，天亮之后，我们在一座已经塌陷的小木屋外停了下来。这里并不是补给站，不过倒是个能让狗喘口气的好地方。小木屋里有一个男人，我曾超过了他，后来他又超过了我，这会儿他已经把炉子架好了。我把衣服挂了起来，好将它晾干，然后煮了一点儿茶水。我们俩坐在屋里喝着茶，他问我我是不是彻夜都在赶路。

“没错！”

“在夜色中有人两次超过了我，”他说，“他在找一个叫作‘小威’的人。我一直在想那个人究竟是谁。”

我耸了耸肩：“不知道……”这个人以前就在路上见到过我，当时威尔逊还在舔自己的脚。我想没有必要让事情变得更加难以解释。

第八天结束了。

第九天

我们从鬼城艾迪塔罗德穿城而过，这里也被设成了补给站。我把车队停在河边，让狗在垂柳下休息了一会儿。狗和我守着火堆，这时一架飞机降落在我的身旁。从飞机上走下来一个男人。

“有人告诉我你有几条大狗。”他一边说，一边打量着我的队伍。

“我想是的。又大又慢。”

“飞机上有一匹母狼，我想培育一下她，让她生几只大狗……”

我仔细地看了看飞机，可以十分肯定的是，飞机后座上的确有一匹狼。她身型巨大，足足有五十多公斤，鼻子和嘴上套着嘴套。我不敢相信这个人让一匹狼坐在自己身后，然后飞到这里来，目的就是希望我的狗能让那匹狼怀上狗崽。

"她正赶上发情期，"他提议说，"唯一的问题就是她已经杀死了三条公狗，都是我试着让跟她配种的……"

"算了吧。"我说道。他友好地耸了耸肩，然后就跳上飞机，走掉了。太奇怪了，我甚至以为或许我只是在做梦罢了，可是雪地上的确留下了飞机起落的痕迹。

我们又在夜里上路了。刚开始，我们经过了一连串平淡无奇的山冈，沿途满是新赛手扔掉的装备，目的是减轻雪橇载重。我看到了一双袜子、几副手套、铜扣子、汽化炉，还有一顶上好的皮帽子——我试着抓了一把，失手了，但我又不想为了这么点儿事情就把车停下来，此外还有几条内衣。乍一看赛手们非常浪费，后来我才发现，住在补给站的人会在山上搜索一遍，像往年一样来一场大丰收。

早在三天前，车队中的一条狗就开始有些异常，不再接受我给狗喂的各种肉食——猪肉、羊肉、牛肉、肝脏，甚至是狗粮。但她乐意吃我留给自己的馅饼，我的馅饼里夹着奶酪、葡萄干和肥肉。我把自己的口粮全都喂给了她，结果到了补给站，我就没有什么可吃的了。其他车手接济了我一点儿吃的，可是在补给站里得到的大部分食物，都是促销用的黄油和冲泡型的饮料。

每次离开补给站的时候，我都会带上两三公斤黄油。穿越阿拉斯加腹地的时候，我一直在吃黄油，以维持体力。

不难想见，黄油成了一种令我十分恶心的东西，直到现在我都提不起对它的兴趣。到了沙格勒克补给站，我欣喜地看到，在市政大厅里，孩子们为参赛选手煮了一大锅香辣麋鹿肉。

太可口了，我吃得欲罢不能。我像狼一样拼命地吃着，一口气连吃了十九大碗。

然后我便上路了，朝着育空河跑去。还不到四个钟头的时候，我就觉得自己可能要死于肠胃不适了。我的胃一度疼得让所有的狗都停下了脚步，惊讶地回头看着我。

第九天结束了。

第十天

沿着育空河的赛段非常可怕。整整290公里，我们在寒风中一路北上，一直要跑到这条大河的中段。过去这条路就是横贯阿拉斯加的主干道，在夏季，驳船将生活用品送往沿河的各个村庄。现如今，当人们去其他村子走亲访友的时候，常常能听到摩托雪橇呼啸而过的声音。

阿拉斯加的冷空气似乎全都集中到了这里，到了夜里，袭来的寒意就像锤子一样敲打着我们。

零下四五十度——比这还要冷。在极度深寒的夜里，朝育空河中段赶去，就如同穿行在冰山里一般。

我受不了这样的寒风了。我折回雪橇前，用胳膊勾住护栏，重新爬上了雪橇，可仍旧冷得要命。我把其余的衣服全都穿上了，还是冷得要命。寒气穿透了所有的衣服。我又查看了一下狗的状况，他们都没有什么问题，没有显示出冻伤的迹象，于是我们便继续赶路了。反正也找不到可以停车休息的地方。

只有冰。平坦的冰面和风。整整一天一夜，我们都在挣扎着迎风北上，黎明时分，我们在一座小岛的背风处停了下来，开始休息。终于没有风了。

该死的风，凛冽刺骨的风，世上最冰冷的风。

我背对着风坐在雪橇上，任由刚刚升起的太阳温暖着我的脸。第十天结束了。

第十一天

又是漫长的一天，又一连跑了一整夜，又是刺骨的严寒。在这个恐怖的夜晚，我又感冒了。染上感冒就像死神附体一般，我不得不跑跑步，以此来保持体温。

我跑上五十步，再坐着雪橇走上五十步的距离，然后跑五十步，再坐着雪橇走上五十步，就这样折腾了一整夜。跑着跑着，我的体温慢慢恢复了，可是两条羊毛面罩让我没法自由地呼吸，所以我把面罩拉到了脖子里，直接用嘴喘气。这样气是喘够了，可是冰冷的空气又把我的喉咙给冻住了。喉咙里的血管被冻裂了，开始分泌出痰液来，很快浓痰就让我翻起了白眼。

痰很难清理干净。我只能把一根手指插进喉咙里，试着把里面的痰掏出来。我将痰丢在冰路上，站在后排的几只后轮犬转过头，把痰给吃掉了。看到这一幕我又呕吐起来，他们几个把我吐出来的东西也都吃掉了。在鲜血、浓痰、呕吐和幻觉中，我顺着河横冲直撞地跑了一天一夜。来到育空河沿岸最后一个补给站的时候，我抬眼望着左岸的山崖，看到那里竖着一丛十字架。开赛前就有人告诉我们，这个小村的南部有一片墓地，此刻，我感到墓地里那些逝者的魂魄都在欢迎我，祝贺我跑完了沿河的赛段。这种感觉很温暖，好像他们在温柔地向我发出邀请。我冲他们点了点头，笑了笑，然后就驶离育空河，取道陆路，朝白令海的方向进发了。

这条河终于跑完了，第十一天也结束了。

第十二天

这一天出现了一些变化。狗和我都有了改变。我们离开了育空河，朝着白令海赶去，这段路程非常传统。当天的气温大约是零度，或者略微高一点儿，阳光灿烂，150公里全是下坡路，狗的问题一直萦绕在我的心头。

我变了。我回到了过去，进入了一种不同的状态，一种原始的状态。有一段路是上坡路，有一公里多，我跟雪橇一起轻松自在地跑着，一边还帮狗轻轻地推着车。我跟狗保持着一样的节奏，一样的步伐。就像穿越阿拉斯加苔原时一样顺畅，我知道我们肯定能跑完全程了。

我们可以一直随风跑下去，穿过低矮的草丛，只要时间允许，就能一直不停地跑下去。我们有时间。我清楚这一点，狗也很清楚。

我们来到了一个爱斯基摩小村子，一位年长于我的男人收留了我，让我在他家过夜，还客客气气地招待了我一顿大餐。我坐在他的小房子里，跟他聊着天。当我开始打瞌睡，眼睛都快要睁不开了的时候，他又把我领到了床前，他早就为我铺好了床。

入睡前，我看到他从我身前走了过去，身上只穿着一件长袖内衣。他看起来就跟曾经在伯尔恩，以及早先我病重时出现，并且救过我一命的那个男人一模一样。他也长着同样强壮而塌陷的肩膀，浑身上下透着一股镇静而柔和的力量。几个钟头之后，我醒了过来，检查了一下狗的情况，然后就准备往海岸赶去。这时，老人从屋里走了出来，祝我一路平安。

我们离开了小村子，一直朝着北方跑去。太阳在我们的右边升了起来。我们又朝着北方进发了，这是我们唯一的方向。第十二天结束了。

第十三天

这片海所具有的某种气质令我感动。海岸边无遮无拦，没有被冻结的海水映射出天空的湛蓝，尽管气温在零下二十度左右，但丝毫感觉不到刺骨的寒冷。狗也变得顽劣起来，他们不肯停下来休息一会儿，只是一个劲儿地用身体拍打着挽具。车队里有一只名叫“小蓝”的母狗，只要我没有及时给她喂食，她就会兴奋地撕扯起自己身上的挽具，跟我开玩笑。

比赛宣告结束的时候，我还坐在倒数第四个补给站里，前方还剩下大约320公里的路，越过诺顿湾①的一角后，我们就彻底跑完了全程。他们已经摆好了庆功宴，优胜者拿到了奖金。人们在远方欢呼

①诺顿湾：白令海的一个入海口，位于美国阿拉斯加州的西海岸。

着，而我却还得继续跑上四天。

我们不在乎。

我们轻轻松松地穿行在山间。我任由狗随心所欲地跑着，自己只是站在滑橇上，在上坡的时候帮忙推上一把。我不在乎自己是输是赢，我只想跳舞。

比赛过程本身就已经妙不可言。曾经，陡峭的山路绊住了我们的脚步，而此刻，山上洒满了阳光，到处都是小动物。在狗队的正前方，一大群松鸡就像一朵巨大而洁白的雪花一样，在明亮的阳光中升上了天空，有时有两百只，有时甚至多达三百只。奇形怪状的北极兔举起两只前腿，站立起来，好把周围的一切看得一清二楚。他们看上去就像人一样，尤其是在夜幕降临时朦胧的暮色中。我的幻觉也渐渐浮现出来。我一直以为灌木丛后面站的是一群人，他们看着我们从这里跑了过去。

终于，狗再也忍不住了，他们离开赛道，去追赶一只野兔了。我们朝山下冲去，长长的一段山路扣人心弦。那只野兔轻而易举地从狗的眼前逃走了，于是他们又闪电般地掉转方向，跑上了山。他们根本不在乎自己没有逮住那只野兔。

雪橇欢快地滑下最后一座山冈，来到了补给站，一路上狗都在精神抖擞地哼着歌，此后，我们就要跑上冰封的海湾了。第十三天结束了。

第十四天

我们必须从莎克托利克港出发，穿过诺顿湾。

这片海湾充满了恐怖的故事。

全都是谣传。

有人穿过了冰封的海面，然后，人们就只看到她的狗队漫无目的地游荡着。

有人发了疯，不停地在冰面上兜着好大的圈子，可是没有谁愿意上前拦住他，因为一旦接受援助，他就会失去比赛资格了。

有一个女人——在被找到时——已经死在了自己的雪橇上。

有人被风抛下了雪橇。狗离开赛道，在冰面上气喘吁吁地跑了48公里，害得这个人整整两天都没能找回自己的狗队。

有人滑到了一大片冰上，结果冰块松动了，漂向了大海。人们担心她已经失踪了，也就是漂过白令海，去了俄罗斯。

有的人眼珠被冻住了，因为他没有眨够眼睛，最后就双目失明了，不过到最后他还是跑完了全程。

有人把自己的鼻子给冻坏了，只能通过手术将其切掉。

所有的传言都没能得到证实，可是它们气势汹汹地席卷了整个地区，就像在雷尼山口的那些传说一样。黎明时分我离开了补给站，半信半疑地踏上了这片冰封的海面。

第十四天结束了。

第十五天

在冰上我们跑得很开心。风力减小了，太阳也出来了，前面只剩下一条平坦的大道——冰封的海面。狗也得到了充足的休息。

我们飞了起来。

我任凭他们以将近64公里的时速，轻轻松松地跑着。渐渐地，他们的步伐慢了下来。停车休息的时候，有几只狗像小狗崽一样地打斗着，先是匍匐在地上，然后猛地跳起来，冲着同伴扑了出去。

这一天，我们就是在冲向终点的欢乐之中度过的。夜幕降临时，我朝平坦的冰面望去，看到远处的补给站亮着灯。于是他们又迈着同样轻松的步伐，奔向了星星点点的灯光。

然而，在冰面上，距离具有很大的迷惑性，我们大概还得继续跑

上48公里。有一段时间，我们感觉自己始终都无法接近那片灯光，狗开始气急败坏起来，像之前赶路时那样，再一次飞奔了起来。

我们来到了一个小村子，夜色中突然蹦出来一个小男孩，他一把扯住了几只领队犬脖颈上的挽具，拉着他们朝自己家走去。这个补给站就设在这个小男孩家附近。这是友好的表示，可是我的狗一个摞一个地缩在了一起，狗绳缠得乱七八糟。我唯恐半路上他们会跟小男孩打起来——孩子，甚至是成年人都会因此而丢掉性命，于是我跑上前去，从背后抓住了他的外套，把他从狗群中拉开了。我问他为什么要抓住我的狗。

小男孩笑了笑，说因为自己希望家里有一支狗队，这样他就可以好好地研究一下狗和雪橇了。白令海海边的爱斯基摩少年，向一位来自明尼苏达的人请教狗的知识，这令我瞠目结舌。

我待在他家，他的家人给我端上了晚饭。他们对我的款待非常热情，就像先前那位老人给予过我的帮助一样。我想跟他们讲一讲我的狗，可是我发现自己说起话来竟然很吃力，只能一个字一个字地咕哝着，而且跟人相处对我来说也很困难。过了一会儿，我和狗走出了屋子，我跟他们一起睡在了冰面上。破晓时分，我醒了过来，这时，一支参赛队伍驶进了补给站。对于刚刚跑完一段冰路的队伍来说，他们看起来气色很好，人和狗全都神采奕奕的。我惊讶地看到，车手拿着一个橡皮鸭子跑到队伍前面，一边跟自己的狗一起在雪地里打着滚，一边冲狗“吱吱”地捏着那个小玩具，跟他们一起打闹嬉戏。他们喜欢这个“猎物”。车手又把鸭子藏了起来，他们又试着把鸭子从车手那里偷过来。

后来，车手把鸭子扔到了一边，然后给狗套上了专门给他们做的衣服，好让他们睡个热乎觉。我开心地离开了补给站，看到这位车手令我十分喜悦，那是一种我了解狗，狗了解我，我们遇到一起的喜悦。

第十五天结束了。

第十六天与第十七天

还有两个补给站。

我们在海岸边，贴着冰洋的边缘奔跑着，右侧矗立着高耸的悬崖。海中的冰正在消融，到最后近海处就只剩下一片汪洋了，所以我们绕行到另外一条路，经过一座大山——差不多得彻底翻过去，然后穿过山脚下那片冰封的海湾。

这个峡湾里风势强劲，直接从我们的身后吹过去。陡峭的冰面平坦而光滑，身后的风把我吹得就像一张船帆，雪橇也被吹得一会儿朝前滑，一会儿又朝一侧歪了过去。在海湾的冰面上，我一直踩着刹车，以免雪橇从狗的身上碾压过去。

到了这会儿，狗似乎也嗅到了诺姆的气味。他们跟之前不一样了，一个个都知道我们已经距离终点不远了。我们离开了倒数第二个补给站，照直跑向海岸边。诺姆就在这段64公里长的海岸线的终点，他们的奔跑似乎有了新的目标。这一切或许只是我自己的想法，但这又有多么要紧的呢？

我们在海岸边跑了一整天，一直跑在冰面上，因为风把沙滩上的雪全都吹跑了。夜幕降临的时候，我看到了终点——诺姆——的灯光，就在前方32公里处。我突然意识到灯光究竟来自何方，于是我让车队停了下来。

我不愿意走过去，不愿意结束这场比赛。

我不知道自己为什么会有这种念头，可我就是不愿走过去。实际上，我迈开了双脚——带着我的领队犬转过身，顺着来时的路跑了回去，越跑越远……

我的举动有些匪夷所思，虽然我自己也无法解释清楚，但这样做只是因为，这似乎是一项根本无法完成的比赛。不过也不尽然。你可以跟人谈论这项赛事，可以为参赛制订计划，可以进行训练，可你就是无法落实它。

跑完这条路。

哪怕你已经上路了，它看起来仍旧是一项不可能完成的任务。哪怕你已经身处其中，越过阿拉斯加山脉的雷尼山口，穿过伯尔恩，深入阿拉斯加的夫迪；哪怕你以为在这个星球上只有你一个人；哪怕你已经奔向了白令海，然后沿着海岸继续前行，穿过诺顿海湾，顺着冰天雪地的悬崖，穿过一连串景色壮观的北方村落，卡尔塔格、科尤克、莎克托利克、尤纳拉克利特，还有以琳；哪怕你已经看到了诺姆

的灯光，心想自己会轻松地跑完剩下的这段路，这仍旧是一件你做不到的事情。

一件无法完成的事情。可你还是做了，这样一来，你又希望它不会有结束的一天了。永远都不要结束。你希望比赛、兴奋、喜悦，还有它的美丽，希望这一切都能继续下去，永远继续下去……

就这样，我拉住狗队，打算调转方向，回到世界的中心去，回到我在世界中心找到的那个地方，那里只有狗，只有我。我将手搭在领队犬的身上，在原地徘徊了一会儿。我想，如果不是听到一声吼叫，而那声吼叫又来自我妻子的话，我应该会带着他们转身回去的。

住在诺姆的一个男人开着吉普，沿着一条小路将我的妻子送了过来。他们看到我跑向了诺姆，然后又看到我停了下来。她的叫喊声让我又回过了神。

我重新跨上雪橇，让狗接着跑起来。他们顺着海岸边的冰凌，跑着跑着就撞在了一条坡道上，人们常常在这里把船拖下水。然后我们继续朝前跑，一直跑到了弗朗特大道。在寸草不生的柏油路上跑了一公里之后，我们就来到了拱门下。终点站到了。

我的领队犬小饼干在拱门外停下了脚步，人群让她感到恐惧，我只好拖着她钻过了拱门。比赛结束了。我转过身，情不自禁地哭了起来，一边哭一边搂住了妻子和儿子，然后又从前往后把我的狗也抱了一遍。最后，另外两名车手带着他们去睡觉了。我朝一直等着向我道贺的诺姆市市长转过身，说了一句我曾以为自己绝不会说出来的话。

“我们还会再来跑一次的。”

我知道我一定会说到做到的。

盖瑞·伯森谈写作：

写作就是我生活的一部分……

写作就是我生活的一部分，如果没有这种纪律和生活规律，我会感到迷失的。我每天都写作——每天——这让我获得平衡感和拥有一件可以投入的事情。每天我醒来，通常在早上4点半，心里只有一个目的，那就是坐下来写作，拿一杯热茶，一台电脑或一台笔记本电脑，或一叠纸——都没有关系。我在我的办公室里写过整本的书，在狗棚里戴着头灯写过书，在飞机上写过，在斐济海边我的双体船的网兜上也写过——我在哪儿写作并不重要，重要的是写作把我带到哪儿。

我做的其他事情都是通向开始工作的那一刻的道路。有时我很幸运，生活的那部分和写作的那部分重叠起来了，比如写《Dogsong》《The Brian Books》《Caught by the Sea》和《How Angel Peterson Got His Name》这几本书的时候。这些书是基于亲身观察的，我用了以前的生活经历，把那些经历变成了书。我之前花了大量的时间待在户外，不过并不是为了以后的写作。说实话，写那些经历和度过那段时光本身同样让我欢喜，假如我没有喜欢前者多一点儿的话。26岁以前，我从未写过东西，现在每当回想起以前的生活，我都会奇怪自己26岁以前到底在想些什么。

我试验过不同的声音和风格……

有时候讲故事的方式甚至比故事本身还要重要。这些年来，我试验过不同的声音、风格以及文学体裁。《The Glass Café》和《Harris and Me》是从我脑海中不能忘记的一些人的声音中萌生的。Tony是一个我在好莱坞时认识的男孩，Harris是我的一个堂兄。为了纪念他们的声音，我用非常不同的风格写了这两本书。Tony说起话来速度很快、上气不接下气，尝试把这种特点在纸上表现出来很有趣。而描绘一幅关于Harris的画的最佳方式就是详细描写他那些疯狂的特技。

《Nightjohn》和《Soldier's Heart》是通过对历史的学习而写出来的。Sarny来自我在国家档案处偶然看到的“奴隶的叙事”而引发的调查。Charley Goddard是在读一本关于明尼苏达州的第一批志愿者的书时发现的。开始阅读时，我并没有期待在书里找到自己小说中的人物，但是我不能忘记他们，我必须尝试着在纸上探索他们的生活的样貌。

艾迪塔罗德（Iditarod）狗拉雪橇比赛

“艾迪塔罗德”本来是阿拉斯加州西部一条小河流的名字，19世纪末、20世纪初的阿拉斯加淘金热潮时期，淘金者在阿拉斯加中部建立了一个小镇，命名为“艾迪塔罗德”镇（目前已荒废）。

1973年阿拉斯加第一届狗拉雪橇比赛，就是因为比赛的中点是“艾迪塔罗德”镇，从而命名为“艾迪塔罗德”狗拉雪橇比赛。

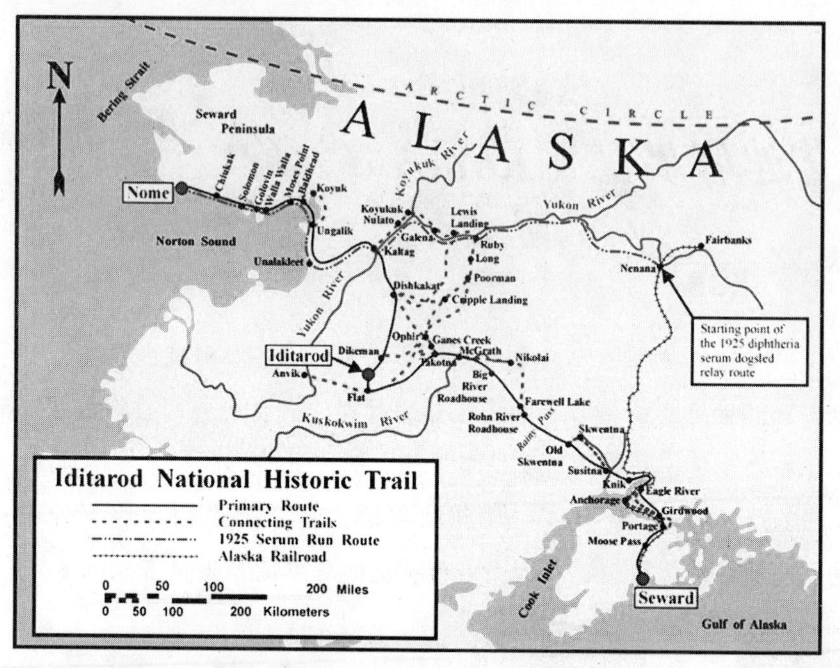

艾迪塔罗德狗拉雪橇比赛路线图

注：艾迪塔罗德狗拉雪橇比赛（Iditarod Trail Sled Dog Race）是在美国阿拉斯加州举行的一年一度的狗拉雪橇比赛。比赛中，车夫和16条狗组成的队伍从安克雷奇附近的Willow出发，用8到15天，穿行1868公里到达诺姆。该项赛事开始于1973年，起初是为了测验最好的狗拉雪橇的车夫和雪橇犬，现在已经发展成为一项具有高度竞争性的比赛项目。目前最快的记录是由Martin Buser于2002年创造的8天22小时46分2秒。